De Cock en de dode harlek

De volgende boeken van Baantjer zijn bij de Fontein verschenen:

1 1963 De Cock en een strop voor Bobby
2 1965 De Cock en de wurger op zondag
3 1965 De Cock en het lijk in de kerstnacht
4 1967 De Cock en de moord op Anna Bentveld
5 1967 De Cock en het sombere naakt
6 1968 De Cock en de dode harlekijn
7 1969 De Cock en de treurende kater
8 1970 De Cock en de ontgoochelde dode
9 1971 De Cock en de zorgvuldige moordenaar
10 1972 De Cock en de romance in moord
11 1972 De Cock en de stervende wandelaar
12 1973 De Cock en het lijk aan de kerkmuur
13 1974 De Cock en de dansende dood
14 1978 De Cock en de naakte juffer
15 1979 De Cock en de broeders van de zachte dood
16 1980 De Cock en het dodelijk akkoord
17 1981 De Cock en de moord in seance
18 1982 De Cock en de moord in extase
19 1982 De Cock en de smekende dood
20 1983 De Cock en de ganzen van de dood
21 1983 De Cock en de moord op melodie
22 1984 De Cock en de dood van een clown
23 1984 De Cock en een variant op moord
24 1985 De Cock en moord op termijn
25 1985 De Cock en moord op de Bloedberg
26 1986 De Cock en de dode minnaars
27 1987 De Cock en het masker van de dood
28 1987 De Cock en het lijk op retour
29 1988 De Cock en moord in brons
30 1988 De Cock en een dodelijke dreiging
31 1989 De Cock en moord eerste klasse
32 1989 De Cock en de bloedwraak
33 1990 De Cock en moord à la carte
34 1990 De Cock en moord in beeld
35 1991 De Cock en danse macabre
36 1992 De Cock en een duivels komplot
37 1992 De Cock en de ontluisterende dood
38 1992 De Cock en het duel in de nacht
39 1993 De Cock en de dood van een profeet
40 1993 De Cock en kogels voor een bruid
41 1994 De Cock en de dode meesters
42 1994 De Cock en de sluimerende dood
43 1995 De Cock en 't wassend kwaad
44 1995 De Cock en het roodzijden nachthemd
45 1996 De Cock en moord bij maanlicht
46 1996 De Cock en de geur van rottend hout
47 1997 De Cock en een dodelijk rendez-vous
48 1997 De Cock en tranen aan de Leie
49 1998 De Cock en het lijk op drift
50 1998 De Cock en de onsterfelijke dood
51 1999 De Cock en de dood in antiek
52 1999 De Cock en een deal met de duivel
53 2000 De Cock en dood door hamerslag

Andere titels van Baantjer:
Rechercheur Versteegh en de dertien katten
Misdaad in het verleden
Een Amsterdamse rechercheur
Rechercheur Baantjer van Bureau Warmoesstraat vertelt, deel 1 t/m 10

Verkrijgbaar bij de boekhandel

A. C. Baantjer

De Cock
en de dode harlekijn

Fontein Paperback

Eerste druk 1974
Drieëntwintigste druk 2000

ISBN 90 261 0151 1

Omslagontwerp: Studio Combo
Omslagfoto: Peter Coene

1

Er zullen aan een belangrijke moordzaak zelden zo weinig rapporten en processen-verbaal zijn gewijd als aan de zaak die onder nummer PJ 9786/117 staat geregistreerd en waarvan de stukken liggen geborgen op een stoffige zolder van het oude Paleis van Justitie aan de Prinsengracht te Amsterdam.

Het gehele dossier van de moorden - een kleine grijze map met lange groene linten - bevat slechts twee summiere rapporten, twee verslagen van een lijkschouwing door de patholoog-anatoom Dr. Rusteloos uit Den Haag en een kort briefje, geschreven in een keurig vloeiend handschrift.

Dat is alles.

Voor een ieder die het wereldje van de Justitie kent en weet hoe uitgebreid gedocumenteerd het Openbaar Ministerie in het algemeen hier in Nederland misdaden behandelt, is het haast onbegrijpelijk dat met deze paar simpele bescheiden de zaak 'ambtelijk' werd afgedaan.

Het is absoluut onmogelijk om uit het dossier het geheel te reconstrueren. Daarvoor zijn de gegevens eenvoudig te schaars. Men krijgt bij het lezen van de stukken de stellige overtuiging dat de rechercheur die destijds de zaak behandelde, met opzet onvolledig is geweest, met opzet bepaalde facetten van de zaak heeft verzwegen.

De aanwijzingen die het dossier *wel* bevat, krijgen daardoor iets pikants, iets geheimzinnigs waardoor het geheel komt te zweven in een waas van mystiek.

Wat na het dichtslaan van de map blijft, is een vreemd leeg, haast irriterend gevoel van onvoldaanheid. Het is alsof een diner na een smaakprikkelende hors-d'oeuvre niet wordt voortgezet, de hoofdschotel niet wordt opgediend. Misschien geeft dit beeld de gevoelens niet voldoende weer. Misschien ook is 'moord' voor een dergelijke vergelijking een te ernstige zaak. Hoe dan ook, de prikkelende onvoldaanheid is er. Het komt door het dossier. Het vormt door zijn onvolkomenheid een uitdaging. Bijvoorbeeld dat briefje:

Geachte rechercheur De Cock,

Ik heb het ernstige voornemen om een man te doden. De naam van het slachtoffer kan ik u om begrijpelijke redenen nog niet onthullen, evenmin de plaats en het tijdstip van de moord. Dat alles staat overigens al vast. Er zijn alleen een paar onbetekenende details, die ik graag - vooraf - met u wil bespreken. Schikt het u om acht uur precies, woensdagavond?

Hoogachtend,
Pierre Brassel.

Een haast lachwekkend briefje. Maar de korte inhoud prikkelt de nieuwsgierigheid. Het is alleen zo storend dat die nieuwsgierigheid door de overige stukken uit het dossier niet wordt bevredigd. Men stuit op lacunes, gapingen in het verhaal. Er blijven vragen over het hoe en waarom. Moorden worden niet om niets gepleegd. Ergens op de bodem van het denken van de moordenaar ligt een motief. De vraag is: welk? Zoals gezegd, het dossier geeft het antwoord niet.

Met de map met groene linten onder mijn arm ben ik naar mijn beste vriend rechercheur De Cock gestapt. Uiteindelijk was het vreemde briefje aan hem gericht en ik had het stellige vermoeden dat hij het mysterie van het onvolledige dossier wel kon oplossen.
De Cock ontving mij allerhartelijkst. Ik kan niet anders zeggen. Maar toen ik hem de grijze map liet zien, betrok zijn gezicht. Hij weigerde botweg over de zaak te praten. Hij zei dat hij absoluut niet meer wist dan dat wat het dossier bevatte. Het was een van zijn slechtst vertelde leugens. En dat zei ik hem ook.
De Cock lachte.
Ik knoopte de linten los en liet hem de papieren zien. De Cock keek er naar, zijn hand aan de kin. Het leek alsof een reeks herinneringsbeelden bij hem opdoemden. Laat de zaak toch rusten, zei hij. Maar ik bleef aandringen. Uiteindelijk, na mijn stellige belofte er met niemand over te praten, onthulde hij mij aarzelend de ware toedracht, het waarom van de onvolledigheid.
Hij tikte met een dikke vinger op het briefje in het dossier. Daar

begon het mee, zei hij. Het werd op een woensdagmorgen door een ongeziene hand in de brievenbus van het aloude politiebureau aan de Amsterdamse Warmoesstraat geworpen.

2

Op de tweede verdieping van het politiebureau aan de Warmoesstraat te Amsterdam zat De Cock wat verloren in de grote kale recherchekamer. Om zijn altijd pijnlijke voeten wat rust te geven had hij zijn beide benen voor zich op zijn schrijftafel gelegd. Met zijn korte dikke vingers woelde hij door zijn stugge grijze haren en dacht na. Zijn breed gezicht met de markante rimpels van een goedaardige bokser had een wat norse uitdrukking. Het zinde hem niet. Hij had het vreemde briefje die dag al ettelijke malen overgelezen en zich steeds weer opnieuw verbaasd.
Dit was nieuw, volkomen nieuw. Een man die de recherche koelbloedig in een kort zakelijk briefje schreef dat hij het plan had opgevat een moord te plegen, was hij in zijn praktijk als rechercheur nog nooit tegengekomen. En hij keek toch al zo'n twintig jaar in het wereldje van de misdaad rond. Dit was nieuw en absurd.
Zeker, uit de geschiedenis van de criminaliteit waren wel voorbeelden bekend van moorden die van tevoren waren aangekondigd. Maar niet op deze manier. In de regel geschiedden dergelijke aankondigingen in gezwollen epistels vol pathos, en altijd anoniem. Maar dit briefje, dit simpele briefje waarin feitelijk geen woord te veel stond, was ondertekend. En dat niet eens met een valse naam.
De Cock had het allemaal nagetrokken, direct al nadat hij het briefje van de brigadier van de wacht in handen had gekregen. Hij had de naam Brassel gewoon in het telefoonboek opgezocht en gevonden. Daarna had hij het nummer gedraaid, 1691923. Hij kende het nog uit zijn hoofd. Ook herinnerde hij zich nog woordelijk het verloop van het telefoongesprek.
'Hallo.'

'Ja?'
'Met de heer Brassel?'
'Ja, daar spreekt u mee.'
'Met rechercheur De Cock van het politiebureau aan de Warmoesstraat . . . ik . . ., eh . . .'
'O, ja, Warmoesstraat . . . rechercheur De Cock, ja . . . mijn briefje ontvangen?'
'Ja . . ., eh . . .'
'Fijn . . ., schikt het u om acht uur?'
'Ja, dat . . . eh . . .'
'Prachtig, prachtig, u kunt op mij rekenen. Ik zal zorgen dat ik op tijd ben.'

Zo was het gegaan; precies zo.
Voor hij ook maar eeen enkele vraag had kunnen stellen, had een opgewekte Pierre Brassel de verbinding verbroken. Hij had het niet raadzaam geacht onmiddellijk opnieuw hetzelfde nummer te draaien. Toen hij het een half uurtje wel deed - eenvoudig, omdat hij zijn nieuwsgierigheid niet langer kon bedwingen - bleek het bewuste telefoonnummer voortdurend in gesprek. Pierre Brassel scheen een bezet man.
Na een aantal mislukte pogingen had hij de hoorn wat onbesuisd op het toestel gesmeten. Om zijn woede wat te bekoelen had hij bij het fonteintje tegen zijn eigen spiegelbeeld twee minuten lang onbehoorlijke dingen gezegd, over dwaze mensen die er steeds weer in slaagden om hem, De Cock, voor bijna onoplosbare raadsels te plaatsen.
Uiteindelijk had hij besloten om maar niet meer te bellen. Het leek hem het beste om zich eenvoudig aan de gemaakte afspraak te houden. Hij wist nu in ieder geval dat er ergens in Amsterdam een man bestond, een zekere Pierre Brassel, die hem een hoogst merkwaardig briefje had geschreven. De Cock stond op. In zijn typische, wat waggelende slenterpas, zijn handen diep in de zakken van zijn broek, slofte hij langs de verlaten bureaus. In zijn gedachten trachtte hij zich een beeld te vormen van die Brassel, een beeld dat paste bij die stem door de telefoon. Het lukte niet.
Voor het raam bleef hij staan, zachtjes wippend op de ballen van zijn voeten, en keek naar buiten. Zijn blik gleed over de schemeri-

ge daken van de oude huisjes aan de overkant van de Warmoesstraat en bleef rusten op de verlichte torenklok van de Oudekerk. Het was half acht. Hij hoopte dat Vledder op tijd van zijn onderzoek terug zou zijn. In ieder geval voor achten.

'En?'
De jonge rechercheur Vledder keek zijn oude leermeester geamuseerd aan.
Om zijn smalle lippen gleed een lichte grijns.
'Als . . ., eh, als je het mij vraagt,' zei hij uiterst bedachtzaam, 'dan is er iemand bezig een kolossale grap met je uit te halen.'
'Een grap?'
'Ja.'
De Cock liet zich lui in zijn stoel achter zijn bureau zakken en keek in het nog jongensachtige gezicht van zijn sympathieke leerling.
'Zo, mijn vriend,' zei hij met een zweem van sarcasme, 'en wanneer wordt er verondersteld dat ik begin te lachen? Op het moment dat de grappige heer Brassel mij de humor van zijn briefje onthult of op het moment dat hij werkelijk een moord pleegt? Je zegt het maar.'
Vledder trok een verongelijkt gezicht. Hij was door de opmerking van De Cock kennelijk in zijn wiek geschoten.
'Het is zo onzinnig,' riep hij kriegel, 'volkomen dwaas. Het spijt me, De Cock, maar ik kan er echt de ernst niet van inzien.' Hij snoof verachtelijk. 'Zeg nou zelf, wie schrijft er nu zo'n briefje. Zelfs al zou iemand het plan hebben opgevat om deze of gene om zeep te helpen, dan kondigt hij dat toch niet van tevoren aan? Dat doet niemand.'
De Cock keek hem aan.
'Niemand?'
'Nou ja, tenzij iemand stapelgek is.'
De Cock wreef met de rug van zijn hand langs zijn brede platte neus.
'En is hij dat?'
'Wat bedoel je?'
'Is Pierre Brassel stapelgek?'
Vledder zuchtte diep.

'Nee,' zei hij hoofdschuddend, 'nee, dat is hij nu juist niet. Tenminste, tijdens mijn onderzoek van vandaag is mij daar totaal niets van gebleken. Integendeel, de mensen met wie ik over hem sprak waren vrijwel unaniem van mening dat Pierre Brassel over een bijzonder goed stel hersens beschikt.'
De Cock knikte.
'Dat is dan jammer,' zei hij wat weifelend, 'maar eerlijk gezegd, ik was er al bang voor.'
'Waarom?'
De Cock wreef met zijn hand langs zijn kin.
'Wel, als Pierre Brassel als een vriendelijke, goedaardige gek te boek had gestaan was alles veel eenvoudiger. Dan belde ik nu nog de gemeentelijke dienst voor geestelijke hygiëne en vroeg de broeders beleefd vriend Pierre een poosje voor ons in observatie te houden. Maar zoals de zaken nu staan . . .' Hij maakte zijn zin niet af en krabde zich achter in de nek. 'Wat doet onze vriend eigenlijk voor de kost?'
Vledder trok een stoel bij.
'Brassel drijft met zijn vader, al een bejaard man, ergens op de Keizersgracht een bescheiden accountantskantoor. De zaak staat zeer goed aangeschreven. Je weet wel, zo'n relikwie uit de vorige eeuw, een onwankelbaar monument van betrouwbare degelijkheid.'
De Cock lachte.
'Dat noemt men gerenommeerd.'
Vledder maakte een nonchalant gebaartje.
'Jij je zin,' zei hij gemelijk, 'een gerenommeerd kantoor dus, met een jongste bediende, een aankomende bediende en een schat van een secretaresse.'
'Oud?'
'Wie?'
'De secretaresse.'
'O, drieëntwintig jaar, met kastanjebruin haar, een matte teint, groen oplichtende ogen en een onweerstaanbaar kuiltje in haar linkerwang, of wacht even, nee, het was rechts, ja, rechterwang.'
De Cock keek zijn jonge collega onderzoekend aan.
'Je hebt blijkbaar uitgebreid kennis met haar gemaakt.'
Vledder grijnsde breed.

'Ja, in de valse hoedanigheid van aankomend ambtenaar van monumentenzorg, die het interieur van het oude grachtenhuis kwam inspecteren.'
'En heb je Brassel daar al ontmoet?'
Vledder schudde het hoofd.
'Dat heb ik vermeden. Toen de secretaresse mij uiteindelijk wilde aandienen heb ik mij verontschuldigd en ben snel weggegaan.' Hij glimlachte bij de herinnering. 'Het is een muf, oud kantoor, maar een secretaresse . . .' Hij maakte zijn zin niet af en staarde dromerig voor zich uit.
De Cock tikte met zijn vinger op het bureau.
'Familiebetrekkingen?'
'Van wie?' vroeg Vledder afwezig.
De Cock sprong op.
'Niet van de secretaresse,' riep hij geërgerd.
Vledder slikte. De felle uitval van De Cock bracht hem tot de werkelijkheid terug. Hij pakte zijn blocnote met aantekeningen en las met monotone stem: 'Piet, of zoals hij zich meestal laat noemen, Pierre Brassel is, volgens vrouwelijke kwalificatie, een knappe jongeman. Hij is drieëndertig jaar oud. Hij heeft volgens mijn zegslieden zonder enige hapering het gymnasium doorlopen en daarna een opleiding gevolgd voor accountant. Na deze opleiding werd hij onmiddellijk opgenomen in de directie van het accountantskantoor. Hij is nu bijna vijf jaar getrouwd, heeft twee kinderen, een jongen en een meisje van respectievelijk drie en anderhalf jaar. Er zijn geen huiselijke strubbelingen bekend. Het gezin woont in een fraai huis, even buiten de grote stad, in Ouderkerk aan de Amstel, niet ver van de weg naar Schiphol. Het huis is bijna vrij van hypothecaire lasten. De financiële status van de familie is over het algemeen zeer bevredigend te noemen.'
De Cock bromde.
'Al met al een gedegen burger.'
Vledder knikte.
'Juist, een gedegen burger. Geen moordenaar of adspirant-moordenaar. Ik heb niets ten nadele van de goede man kunnen ontdekken. Hij heeft voor zover mij bekend ook niets op zijn kerfstok. In de politieregisters komt hij niet voor.' Hij stond van zijn stoel op en begon door de recherchekamer te stappen. Voor het bureau

van De Cock bleef hij staan. 'Ik weet niet hoe jij erover denkt,' zei hij met een gebaar van ingehouden ongeduld, 'maar volgens mij hebben wij al veel te veel tijd aan dat idiote briefje verknoeid.'
De Cock kauwde peinzend op zijn onderlip.
'Ik hoop,' zei hij weifelend, 'ik hoop dat je gelijk krijgt. Laten we in ieder geval de komst van die Pierre Brassel afwachten. Het is nog maar drie minuten voor acht.'

3

De Cock hield de tijd nauwlettend in het oog.
Hij bemerkte dat het voortdurend opkijken naar de grote elektrische klok in de recherchekamer iets dwangmatigs had. Hij wist niet hoe het kwam. Telkens opnieuw dwaalde zijn blik naar die traag voortglijdende secondewijzer. Hij kon het eenvoudig niet laten.
Gedreven door dat zelfde onberedeneerde gevoel had hij al een uur van tevoren de klok aan de hand van de telefonische tijdmelding gecontroleerd en ook zijn horloge gelijk gezet. Om de een of andere duistere reden had hij de stellige overtuiging dat de tijd belangrijk was; belangrijk voor Pierre Brassel.
Een paar seconden voor acht uur klonken er voetstappen in de lange smalle gang naar de recherchekamer en even daarna verscheen op het geribde glas van de deur een onduidelijk schaduwbeeld.
De beide rechercheurs keken zwijgend toe. Vledder wat wrevelig. De Cock vol gespannen verwachting.
Een arm van het schaduwbeeld ging omhoog en tikte zachtjes tegen het glas.
De Cock riep:'Binnen.'
Na een korte aarzeling ging de deur open en een lange, magere, niet onknappe man, stapte binnen. De eerste indruk was wat verwarrend. Zijn verschijnen had iets dualistisch, als een protestants diaken op een weekse dag. Hij droeg een lange, sombere donkere jas, maar de parelgrijze das die er nonchalant bovenuit bolde, gaf

aan zijn voorkomen toch ook iets zwierigs, iets werelds. Wat verder aan hem opviel was een hoog voorhoofd dat door een al wat terugwijkende haardos nog een extra accentje kreeg. Om zijn wat weke mond met smalle lippen speelde een haast spottende grijns.
'Ik heb een afspraak,' zei hij met een wat volle aa, 'een afspraak om acht uur.' Hij wierp een blik op de grote elektrische klok aan de muur. 'Ik zie tot mijn genoegen dat ik precies op tijd ben. Mijn naam is . . . Pierre Brassel.' Hij annonceerde zichzelf als een conferencier het volgende nummer.
De Cock keek hem enige ogenblikken onderzoekend aan en trachtte de verwarrende impressie die de bezoeker op hem had gemaakt te analyseren. Het lukte niet. De verwarring bleef. Traag stak hij hem een hand toe. 'De Cock,' zei hij wat afwezig, 'De Cock met ceeooceekaa.' Hij wees naar zijn jonge collega. 'En dat is rechercheur Vledder, mijn onvolprezen hulp.'
Pierre Brassel grijnsde opnieuw en De Cock bood hem een stoel voor zijn bureau aan.
De eerste schermutselingen verliepen in een rustige sfeer. Het was aanvankelijk niet meer dan een wederzijds aftasten in een vriendelijk nietszeggend woordenspel, volgepropt met uitgesleten beleefdheidsfrazen. Er kwam pas enige emotie, toen de jonge Vledder losjes opmerkte dat de recherche eigenlijk geen tijd had voor grappige briefjes en dat de politie echt niet behoorde tot de instellingen, gesticht ter bevordering van de publieke vermakelijkheid. Daarvoor, zo meende hij, waren andere instanties.
De opmerking trof doel.
De ogen van Pierre Brassel begonnen vervaarlijk te flikkeren. Hij spreidde zijn armen in een theatraal gebaar uit.
'Maar mijne heren,' riep hij geërgerd en met een ondertoon van pure verbazing, 'u hebt mijn briefje toch hopelijk niet als een eenvoudige grap beschouwd? Nee toch? Het idee zou voor mij ondraaglijk zijn. Het zou voor mij als het ware een belediging inhouden, een pure belediging. Ik ben geen charlatan.'
Vledder grijnsde breed.
'Nee,' vroeg hij half spottend, half uitdagend, '*geen* charlatan?'
De heer Brassel stond geagiteerd op. De vraag van Vledder had hem zichtbaar gekwetst. De verontwaardiging leek niet gespeeld, ze was echt. Op de wangen van Brassel lagen hoogrode blosjes.

‘Dit is gewoon het toppunt,’ riep hij kwaad. ‘Ik ben hier niet gekomen om mij onheus te laten bejegenen. Ik heb u geschreven over een zaak die, zoals ik aanneem, de recherche ter harte gaat. Ik wilde de zaak met u bespreken en u hebt mij een onderhoud toegestaan. Dit alles binnen de vormen van de burgerlijke beleefdheid. Er bestaat voor u geen enkele reden om . . .’
De Cock stak afwerend zijn hand op.
‘Gaat u weer rustig zitten, heer Brassel,’ zei hij sussend. ‘Ik vraag u verontschuldiging en begrip voor mijn jonge collega. Het lijkt hem nu eenmaal een dwaas idee dat een intelligent man zich tot de recherche wendt met de mededeling dat hij het oprechte voornemen koestert om een moord te plegen.’
Pierre Brassel plooide zijn lippen tot een innemende glimlach. ‘Uw collega,’ zei hij op rustiger toon, ‘is niet alleen jong en tactloos, hij heeft bovendien te weinig fantasie.’
De Cock keek hem aan, het hoofd een beetje schuin.
‘Hoezo?’ vroeg hij belangstellend.
Brassel slaakte een zucht en ging weer zitten.
‘Hoe zal ik u dat uitleggen,’ begon hij aarzelend, zoekend naar woorden, ‘kijk, als u van plan bent om heesters of bloemen in uw tuin te planten en u weet niet welk jaargetijde daarvoor het best geschikt is, dan vraagt u inlichtingen aan een tuinman of bloemist. Logisch, niet waar? Dat zijn vakmensen.’ Hij lachte op een innemende manier en gebaarde met een slanke hand in de richting van De Cock. ‘Wel, nu heb ik het plan opgevat om een moord te plegen en aan *wie* vraag ik dus inlichtingen?’ Hij keek glunderend rond, als verwachtte hij uit het aandachtig auditorium een spontaan antwoord. ‘Natuurlijk aan de beroemde rechercheur De Cock, expert in moordzaken.’
Er viel een stilte.
De Cock staarde onderzoekend naar het glimmende, glunderende gezicht van Pierre Brassel en trachtte daarvan de scherts te lezen. Die was er niet. Hij ontmoette slechts een paar sluwe, waakzame ogen die zorgvuldig de reactie peilden die zijn betoog had teweeggebracht. Die reactie *was* er.
Vledder keek Brassel met grote verbaasde ogen aan en De Cock slikte iets weg. Het duurde geruime tijd voor hij zijn spraak had hervonden. ‘Ik geloof,’ zei hij fel, ‘dat u een ernstige vergissing

begaat. Uw benadering is niet juist. U gaat van een verkeerde basis uit. Ik ben namelijk geen expert in het *plegen* van moorden. Ik tracht ze slechts op te lossen, ik bedoel, de daders te vinden, achteraf, wanneer de moorden eenmaal *door anderen* zijn gepleegd. Begrijpt u?'
De heer Brassel knikte heftig en toonde hem een rijtje hagelwitte tanden.
'Ja juist,' riep hij enthousiast, 'volkomen juist. Dat is nu precies het *waarom* van mijn, in uw ogen bespottelijk, briefje. U hebt ervaring met moorden. U kunt *achteraf* altijd precies zeggen welke fouten de moordenaar heeft gemaakt en waarom zou ik geen gebruik maken van uw kennis om die fouten te vermijden?'
Hij verschoof iets op zijn stoel en zuchtte diep.
'Kijk eens rechercheur,' zei hij volkomen ernstig, 'u gaat en kunt ook pas aan het werk gaan, nadat ik mijn daad heb volbracht. Eerder niet; en dat is voor mij in feite te laat. Ik kan dan niets meer aan de situatie veranderen. Vanaf dat moment zijn u en ik vijanden. Een normaal openhartig gesprek is dan niet meer mogelijk omdat dan onze belangen, hoe zal ik dat zeggen, niet meer gelijk gericht zijn. Maar zoals de situatie nu is, ik bedoel in deze voorfase, kunnen we toch . . .'
Hij maakte zijn zin niet af en scheen zich een tijd lang ergens over te beraden.
'De Cock,' zei hij na een poosje en zijn stem had een vastere klank: 'Ik doe u een oprecht voorstel. U vertelt mij welke fouten ik bij mijn moord per se moet vermijden en ik lever mijzelf aan u als dader uit.'
Hij glimlachte charmant.
'Een soort gentlemen's agreement.'
Hij pauzeerde even. Toen De Cock niet reageerde, ging hij verder. 'In feite hebt u mijn deel van de overeenkomst al in handen. Ik heb mijzelf al aan u uitgeleverd. Alleen de moord heb ik nog niet begaan. U begrijpt, daar gaat het mij om, de reden van mijn voorstel: ik wil een perfecte moord.'
De Cock wreef met zijn hand over zijn breed gezicht. Tussen zijn vingers keek hij naar Brassel. Hij zat daar als een man die na een spelletje poker zijn kaarten heeft blootgelegd.
'Ik geloof,' zei De Cock wat loom, 'dat ik u wel begrijp. U ver-

wacht van mij als expert een handleiding tot moord, een soort recept.'
'Inderdaad.'
'Een deugdelijk recept met ingrediënten, dat u straffeloosheid garandeert?'
Brassel knikte verheugd.
'Precies.'
De Cock schoof zijn onderlip vooruit.
'En dan mag ik gerust weten dat u het was die de moord pleegde.' Zijn stem droop van zoet sarcasme. 'Zo bedoelt u het toch?
Brassel lachte vriendelijk.
'Inderdaad, zo bedoel ik het.'
'Dat lijkt mij,' zei De Cock grijnzend, 'dat lijkt mij een wat eenzijdige overeenkomst. Want wat heb ik er aan als ik, als rechercheur, al weet dat u de moord pleegde, wanneer ik door *uw* perfecte uitvoering dank zij *mijn* recept, nooit het bewijs van uw schuld zal kunnen leveren? Niets, totaal niets. Ik heb dan wel een dader, maar ik zal hem nooit aan de justitie kunnen uitleveren.'
Pierre Brassel schonk hem zijn innemendste glimlach.
'U bent schrander, rechercheur. U hebt gelijk, ik wil slechts straffeloosheid.' Hij haalde nonchalant zijn schouders op. 'Begrijpelijk, vindt u niet? Ik ben nog betrekkelijk jong, heb een lieve vrouw, schatten van kinderen en een goede positie. Het zou toch te dwaas zijn dat alles te verliezen voor een moord die toch eigenlijk niet meer is dan een wat verlate . . .' Hij stokte plotseling en begon wat verlegen te glimlachen. Voor het eerst leek het alsof hij iets van zijn zelfbeheersing had verloren.
De Cock keek hem uitdagend aan.
'Een verlate wat?'
Brassel streek met zijn handen langs zijn slapen.
'U zult het zien,' zei hij wat loom. 'Geloof me, u zult het zien. Het heeft geen zin om nu al op de feiten vooruit te lopen.'
Er viel opnieuw een stilte.
Vledder die schuin achter Brassel tegen de muur stond geleund, wees betekenisvol naar zijn voorhoofd. Het ontging De Cock niet. Hij zuchtte eens diep en richtte zijn volle aandacht weer op Brassel.
'U bent,' zei hij gelaten, 'dus werkelijk van plan een moord te

plegen?'
'Ja, dat ben ik; ook als u mij geen recept geeft. Ik heb het u toch duidelijk geschreven; het tijdstip en de plaats van de moord staan al vast. Daar is niets meer aan te veranderen.'
De Cock boog zich iets naar voren en keek Brassel enige tijd onderzoekend aan.
'Nu in ernst,' zei hij na een poosje, 'u hebt toch geen moment geloofd dat ik u werkelijk zou helpen bij het plegen van een moord?'
Pierre Brassel keek op en schudde zijn hoofd. Een droeve glimlach gleed over zijn knap gezicht. 'Nee,' zei hij bijna triest, 'dat heb ik ook geen moment geloofd.'
De Cock fronste zijn wenkbrauwen.
'Waarom schreef u dan dat briefje?'
Pierre Brassel antwoordde niet. Hij stak zijn linkerarm iets naar voren, schoof de mouw van zijn colbertje terug en keek nadrukkelijk op zijn horloge.
'Waarom,' herhaalde De Cock geprikkeld, 'schreef u mij dan dat briefje?'
Brassel negeerde de vraag volkomen. Hij bleef op zijn horloge kijken, onafgebroken. Na een paar seconden stond hij langzaam op, keek van De Cock naar Vledder en terug. Zijn gedrag leek op dat van een tafelredenaar aan het begin van een lang voorbereide speech. 'Mijne heren,' sprak hij op haast plechtige toon, 'in kamer eenentwintig van het hotel Het Wapen van Groenland, hemelsbreed nog geen driehonderd meter hier vandaan, ligt het lijk van ene Jan Brets.'
'Wat?'
Pierre Brassel grinnikte.
'Jan Brets,' zei hij haast opgewekt, 'met een ingeslagen schedel.'
Hij gebaarde naar de telefoon op het bureau van De Cock.
'Belt u maar,' zei hij vriendelijk uitdagend, 'hotel Het Wapen van Groenland, of stuur een van uw wakkere mannen om het te controleren.'
De ogen van De Cock vernauwden zich.
'Is dit een grap,' vroeg hij fel.
Brassel keek hem wat treurig aan.
'Het schijnt,' zei hij hoofdschuddend, 'dat het u moeilijk valt mijn

woorden ernstig te nemen. Is het wel?'
De Cock beet op zijn onderlip en staarde naar die vreemde man voor hem. Hij trachtte diens gedachten te peilen en stuitte opnieuw op die wonderlijke scheidslijn tussen ernst en luim waarop Brassel voortdurend balanceerde. Het bracht hem een moment in de war, verstoorde zijn zekerheid. De aarzeling duurde slechts kort.
'Vledder,' gebood hij, 'bel Het Wapen van Groenland.'

De drie mannen stonden rond het toestel. Vledder draaide het nummer. Het ratelen van de teruglopende kiesschijf was het enige geluid. Het gezicht van De Cock stond ernstig. Om de lippen van Pierre Brassel speelde een zwakke glimlach en in zijn lichtgrijze ogen blonk een glans van triomf.
De Cock luisterde mee, zijn oor dicht aan de hoorn.
'Hier,' hoorde hij een stem, 'met de portier van het hotel Het Wapen van Groenland.'
'Met de recherche,' antwoordde Vledder, 'van het politiebureau aan de Warmoestraat. Kunt u mij zeggen welke gast er op kamer eenentwintig logeert?'
'Een ogenblikje, even kijken in het register, dat is . . . eh, de heer Brets.'
'Leeft hij nog?'
'Wat zegt U?'
'Leeft die Brets nog?'
Er klonk een licht gegrinnik aan de andere kant van de lijn.
'Ik heb hem om acht uur de sleutel van zijn kamer gegeven.'
'Dat was om acht uur. Maar leeft hij nu nog?'
'Dat zal wel.'
Vledder zuchtte.
'Als het u niet te veel is, dan had ik graag dat u even in zijn kamer ging kijken.'
'Goed, goed, als u dat wilt, een ogenblikje dan.'
De Cock keek onderwijl naar de klok in de recherchekamer. Het was kwart voor negen.
Het duurde precies vier minuten voor de portier van het Wapen van Groenland aan het toestel terugkwam.
'Recherche, recherche.'

De stem klonk angstig, verward.
'Ja?'
'Die Brets . . ., die Brets is dood.'

4

Pierre Brassel stapte naar de deur.
'Ik vermoed zo,' zei hij met een hoffelijk handgebaartje, 'dat de heren voorlopig wel geen tijd meer voor mij zullen hebben. Het is jammer, misschien tref ik het een andere keer beter.' Hij maakte aanstalten de recherchekamer te verlaten. 'Ik wens de heren in ieder geval veel succes bij hun onderzoek.'
Het leek alsof Vledder ineens uit een verdoving ontwaakte. Hij sprong wat onbesuisd op Brassel toe en greep hem aan de arm vast.
'U gaat niet weg,' zei hij hoofdschuddend, 'nee, u gaat zo niet weg. Geen denken aan. U zult toch eerst een paar vragen beantwoorden over deze moord. U weet er blijkbaar heel wat van.'
De lange statige Brassel, nogal abrupt in zijn gang naar de deur gestuit, stak waarschuwend een vinger op.
'U hebt niet het recht mij zo vast te pakken.' In zijn stem klonk een lichte dreiging. 'U hebt evenmin het recht mij hier te houden. De portier en misschien ook wel ander personeel van Het Wapen van Groenland zal u kunnen vertellen dat Jan Brets om acht uur nog gezond, althans met een gave schedel het hotel binnenstapte. De portier zal u verder kunnen vertellen dat hij hem de sleutel gaf en dat Jan Brets opgewekt naar zijn kamer verdween.'
Hij grijnsde breed, een beetje vals.
'En verder mag ik de heren wel even in herinnering brengen dat ik vanaf klokslag acht uur voortdurend onder uw hoede ben geweest.' Hij grijnsde opnieuw, spottend, uitdagend, met een twinkeling van plezier in zijn ogen. 'Wat wilt u? Een beter alibi voor een moord kan niemand zich wensen.'
Vledder liet de arm van Brassel los, maar vatte daarna onmiddellijk post bij de deur. Hij stond daar als een ongenaakbare Cerbe-

rus. Op zijn jongensachtige gezicht lag een grimmige, bijna onverzettelijke uitdrukking. Het leek er niet op dat hij Pierre Brassel ongehinderd zou laten passeren.
'Hoe wist u,' blafte hij hem toe, 'dat die Jan Brets vanavond in het hotel Het Wapen van Groenland zou worden vermoord? Wie heeft u dat zo precies verteld? Hoe komt u aan die wijsheid?'
De heer Brassel zuchtte verveeld.
'U verknoeit uw tijd,' zei hij loom. 'Ik heb u toch al duidelijk gemaakt, dat *ik* de moordenaar niet ben. Wat wilt u dan nog meer?' Hij grinnikte geniepig. 'Wilt u misschien van mij weten wie die Jan Brets dan wel vermoordde?'
Vledder knikte met samengeknepen lippen.
'Ja,' siste hij tussen zijn tanden, 'precies, dat zou ik van u willen weten.'
Brassel wiegde met het hoofd heen en weer. Van zijn knap gezicht straalde pure verachting. 'Maar mijne heren toch,' riep hij meewarig, 'waar is uw beroepstrots? Ik neem toch aan dat u zelf de moordenaar van Jan Brets zult willen vinden.' Zijn stem was geladen van sarcasme. 'De beroemde rechercheur De Cock weet toch hoe hij dergelijke zaken moet aanpakken. Heel simpel, niet waar? Let op de fouten achteraf.'
Hij pauzeerde en keek demonstratief op zijn horloge.
'Het spijt mij verschrikkelijk. Ik heb nu echt geen tijd meer. Ik moet weg.'
Hij putte zich nog een poosje uit in verontschuldigingen en wendde zich ten slotte tot Vledder: 'Als meneer nu even opzij zou willen gaan.'
Het gezicht van de jonge Vledder liep rood aan. Hij stond nog steeds met zijn brede rug voor de deur en scheen niet van plan te wijken. De Cock stond zuchtend van zijn stoel op. Hij kwam langzaam achter zijn bureau vandaan en liep op Vledder toe.
'Kom Dick,' gebood hij vriendelijk, 'laat meneer passeren. Je hebt het toch gehoord, meneer heeft geen tijd meer. Hij moet weg. We mogen hem onze gastvrijheid ook niet opdringen.' Hij glimlachte vergenoegd. 'Nog niet. Misschien een volgende keer.'
Vledder stapte mokkend opzij, een blik van haat in zijn ogen. Pierre Brassel verliet hoffelijk buigend de recherchekamer. De Cock hield beleefd de deur voor hem open.

Jan Brets lag er potsierlijk bij.
Hij lag op zijn rug met wijd uitgestrekte armen en benen. Het was alsof hij met zijn lichaam een zo groot mogelijk gedeelte van de kamer had willen bedekken. Zo lag hij daar, vreemd, met enigszins opgeheven, schuinweggetrokken knieën. Hij leek zo nog het meest op een levensgrote houten harlekijn waarvan alle touwtjes waren strakgetrokken. Het zou De Cock niets hebben verbaasd wanneer plotseling de armen en de benen weer zouden zijn gaan bewegen, ritmisch, omdat iemand de touwtjes bewoog, zo indringend was het beeld van de harlekijn. Het wasbleke, haast witte gezicht van Jan Brets lag verstard in een grijnzende, half verbaasde uitdrukking, alsof hij het niet begreep, alsof zijn eigen plotselinge dood een kostelijke grap was waarvan hij zelf de pointe nog niet snapte.
Het gehele beeld was dwaas, grotesk, maar niet luguber of angstaanjagend. De dood presenteerde zich mild, zonder afschuw. Bij een oppervlakkige beschouwing waren aan het lichaam zelfs geen uiterlijke tekenen van geweld te zien. Alleen uit het linkeroor liep een klein straaltje bloed naar een reeds geronnen plasje op de vloer. Dat was alles.
'Zo precies, vond ik hem,' zei de nog natrillende portier van Het Wapen van Groenland. 'Dat was dan na uw, ik mag wel zeggen, hoogst merkwaardig telefoontje.'
De Cock knikte.
'Dat mag u zeggen,' zei hij gelaten. 'Ik hoop alleen dat u niets hebt aangeraakt.'
De portier schudde heftig het hoofd.
'Nee, nee rechercheur, ik heb niets aangeraakt. Niets. Nou ja, behalve de deur dan. Maar dat kon ik natuurlijk moeilijk vermijden. Dat moest wel. Verder dan de deur ben ik niet geweest. Ik heb eerst geklopt, een paar maal wel. Pas toen ik geen antwoord kreeg, heb ik de kamerdeur opengemaakt.'
'En?'
'Toen zag ik hem liggen.'
'Dood?'
De portier keek De Cock met grote ogen aan. Hij wees wat aarzelend naar de vloer. 'Zo, zoals hij daar ligt.' Zijn grote adamsappel klokte op en neer en zijn vingers friemelden nerveus aan de kope-

ren knopen van zijn uniform. 'Hij . . . eh, hij is toch wel echt dood?'
De rechercheur tuitte de lippen en knikte. 'Nu wel.'
De portier slikte.
'Bedoelt u dat hij toen nog leefde?'
'U hebt niet aan het lijk gevoeld, ik bedoel, u hebt niet gecontroleerd of de man nog leefde? Zijn pols gevoeld, gehoord of hij nog ademde?'
'Nee.'
De Cock glimlachte om het beteuterde gezicht van de portier. Hij legde vertrouwelijk een hand op zijn schouder.
'Er was toch niets meer aan te redden geweest,' zei hij geruststellend, 'maakt u zich daarover maar geen gewetensbezwaren.' Hij schonk hem een bemoedigend lachje. 'Maar nu heel wat anders; was de kamerdeur bij uw komst op slot?'
'Nee.' De portier dacht even na. 'Nee, de deur was niet op slot. Ik kon haar zo openen.'
'U hebt een passe-partout?'
'Ja.'
'Wie nog meer?'
'Praktisch elk lid van het bedienend personeel heeft een passe-partout. Voor het schoonhouden van de kamers, het verschonen van het beddegoed en dat soort dingen meer. Uiteraard mag het personeel niet zo maar van de sleutel gebruik maken. Er wordt altijd eerst geklopt, tenzij men weet dat de kamer niet is bezet.'
De Cock knikte.
'Hoeveel van die sleutels zijn er?'
'Een twintig.'
'En is er precies bekend wie er reglementair zo'n sleutel in zijn bezit heeft?'
'Natuurlijk.'
'Mooi, mooi,' mompelde De Cock, 'over ongeveer een half uurtje zou ik graag met al die passe-partoutbezitters een praatje willen maken. Verzamel ze maar beneden in de leeszaal.' Hij schoof zijn hoedje wat naar achteren. 'Voorlopig kunt u ons wel alleen laten. O ja, ik had ook nog graag een lijst met de namen van de gasten en een volledige opgave van de kamers, liefst met een plattegrond van deze etage.'

De portier boog.
'Zeker,' sprak hij onderdanig, 'Zeker, dat zal wel gaan. Het komt allemaal voor elkaar. Ik zal er onmiddellijk voor gaan zorgen.' Hij keek even vragend op. 'En kan ik de heren eventueel nog verder ergens mee van dienst zijn?'
De Cock grijnsde om de zorgzame bereidwilligheid.
'Als er straks,' zei hij vriendelijk glimlachend, 'twee stijve heren in donkere jassen met zware leren tassen het hotel binnenstappen . . .'
'Ja . . .?'
'Heet ze dan namens mij, rechercheur De Cock, hartelijk welkom en laat ze onmiddellijk naar de kamer van de moord brengen. Die heren zijn namelijk 's werelds grootste experts in het fotograferen van lijken en het nemen van vingerafdrukken.'
'O,' zei de portier.
'Ja,' zei De Cock. 'En mochten er onverhoopt luitjes van de pers komen opdraven, laat ze dan niet verder komen dan de portiersloge. Begrepen?'
De portier tikte aan zijn pet.
'Heel mooi,' zei De Cock en deed de deur van kamer 21 achter zich dicht.

Vledder scharrelde al een poosje op de plaats van het misdrijf rond. Hij had de sluitingen van de deuren naar het balkon geïnspecteerd en deed nu opmetingen om de juiste ligging van het lijk later in een situatietekening te kunnen weergeven.
Toen De Cock binnenkwam, wees hij hem op een hockeystick die in de hotelkamer achter de deur op de vloer lag. Het was een wat vreemd model hockeystick. Niet alleen het gedeelte dat normaal in de hand wordt gehouden, maar ook de onderkant, de slagkant, was met breed band omwikkeld. Het band aan de slagkant was nieuw, kennelijk later aangebracht.
De Cock nam een schone zakdoek uit zijn broekzak en tilde de stick aan het uiteinde, tussen duim en wijsvinger op. Het ding gleed bijna tussen zijn vingers vandaan, zo zwaar was het.
De Cock floot tussen zijn tanden.
'Allemensen,' riep hij verbaasd, 'die stick is aan de onderkant verzwaard. Het lijkt waarachtig wel of ze aan de slagkant repen

lood hebben bevestigd. Je kan het zo niet zien, maar ik verwed er mijn salaris onder dat het band aan de onderkant alleen maar dient om repen lood of iets dergelijks op hun plaats te houden.'
Hij schudde verbijsterd het hoofd.
'Het is zo een machtig wapen geworden,' grinnikte hij, 'uitstekend geschikt voor het inslaan van schedels en dergelijke.'
Hij bekeek het van alle kanten.
'Weet je Vledder,' zei hij na een poosje, 'volgens mij is deze moord al heel lang voorbereid. Het is het produkt van een weloverwogen, tot in de details uitgewerkt plan. Kijk maar eens naar deze hockeystick. Het nieuwe band is uiterst zorgvuldig aangebracht. Daar zijn, zo te zien, heel wat avondjes huisvlijt aan besteed.'
Hij zuchtte bedroefd.
'Als je mij vraagt is er met veel liefde en toewijding aan gewerkt. De moordenaar, wie hij ook mag zijn, schepte kennelijk al behagen in de voorbereiding.'
De jonge Vledder gaf geen commentaar op de overpeinzingen van zijn leermeester. Het scheen hem niet te interesseren. Hij deed wat stug en op zijn gezicht lag een norse, haast onwillige trek. Het ontging De Cock niet. Hij legde de stick terug op de plaats waar hij hem gevonden had en liep op Vledder toe.
'Wat is er Dick?' vroeg hij vriendelijk. 'Ben je niet tevreden met de gang van zaken?'
Met de duimstok in zijn hand stond Vledder op.
'Nee,' zei hij wrevelig, 'ik ben helemaal niet tevreden. Helemaal niet. Ik ben van mening dat je een grote fout hebt gemaakt.'
De Cock maakte een hulpeloos gebaartje.
'Ik ben mij eerlijk gezegd van niets bewust.' Het klonk als een verontschuldiging. 'Zeg me, wat heb ik verkeerd gedaan?'
'Je had die Pierre Brassel nooit zo zonder meer mogen laten vertrekken.'
De oude rechercheur zuchtte diep.
'Zo,' zei hij gelaten, 'zit *dat* je dwars. Dat dacht ik al. Ik meende daar straks op het bureau al iets van te zien.' Hij streek met zijn hand langs zijn breed gezicht en stak daarna een wijsvinger waarschuwend omhoog. 'Leer één ding van mij, Dick, wees als rechercheur altijd voorzichtig met intelligente mensen. Ze bezorgen je

veel meer last dan domme, geloof me. Pierre Brassel is intelligent, veel intelligenter dan jij denkt. Hij weet deksels goed wat hij doet. En als wij zijn bedoelingen of de achtergronden van zijn handelen nog niet snappen is dat *onze* schuld. Dan is dat een gebrek aan inzicht waarvan wij alleen onszelf maar een verwijt kunnen maken en niet onze vriend Brassel.'

'Daar gaat het niet om,' riep Vledder fel. 'Dat is helemaal geen punt. We hadden hem gewoon vast moeten houden en net zo lang moeten verhoren tot hij ons precies had verteld wat hij wist.'

De Cock keek zijn leerling een tijdje peinzend aan, diepe rimpels in zijn voorhoofd.

'Ik geloof niet,' zei hij wat aarzelend, 'dat je iemand mag dwingen iets te zeggen wat hij per se niet zeggen wil. Het is een ethische kwestie met grenzen die door iedere politieman zelf moeten worden bepaald.' Hij zweeg even. 'Maar om tot de kern te komen; noem jij mij eens de wettelijke gronden waarop wij Pierre Brassel tegen zijn wil hadden kunnen vasthouden?'

'Hij wist van deze moord af.'

De Cock knikte bedaard.

'Zeker, dat blijkt uit alles. En verder?'

Vledder keek hem verbaasd aan.

'En verder? Als we hem al geen medeplichtigheid ten laste hadden kunnen leggen, dan berustte op hem in ieder geval de verplichting de politie te waarschuwen, hoe staat het ook weer in ons wetboek, *op een tijdstip dat de daad nog kon worden voorkomen*. Dat heeft hij niet gedaan. Terwijl hij bij ons in de recherchekamer smoeltjes trok en allerlei nonsens uitkraamde, liet hij hier in deze hotelkamer het slachtoffer rustig vermoorden.'

De jonge Vledder wond zich steeds meer op. Het bloed steeg naar zijn hoofd. Zenuwgolfjes trilden over zijn wangen.

'Verdomme nog an toe,' riep hij uit. 'Hij wist toch dat het zou gebeuren. Kamer eenentwintig hotel Het Wapen van Groenland, Jan Brets met ingeslagen schedel. Hij wist het verdomme zo goed alsof hij het zelf had gedaan.'

'En kan dat?' vroeg De Cock ernstig. 'Kan Pierre Brassel deze Brets hebben vermoord?'

Vledder zuchtte.

'Nee,' zei hij onwillig, 'tenminste, als de portier de waarheid

spreekt en hij die Jan Brets inderdaad om acht uur nog in leven heeft gezien.'
De Cock knikte.
'Juist,' zei hij, 'als we daar van uitgaan, en mogelijk vinden we nog andere getuigen die het slachtoffer na acht uur nog in leven hebben gezien, dan kan Pierre Brassel, hoezeer het jou overigens ook spijt, deze moord niet hebben gepleegd.
Ik heb in deze hotelkamer ook geen ingenieuze apparatuur voor afstandsbediening gevonden. De hockeystick werd heel orthodox gehanteerd. Ik bedoel, iemand heeft hem met beide handen opgenomen en Brets neergeslagen en die iemand kan Brassel niet zijn geweest.'
Hij legde vaderlijk een hand op zijn schouder.
'Maar verder heb je volkomen gelijk; Brassel wist dat deze moord gepleegd zou worden. Op hem rustte inderdaad de wettelijke verplichting om te waarschuwen: de politie of het slachtoffer.'
Vledder keek hem vragend aan.
'Wat bedoel je?'
'Wel, precies wat ik zeg: de politie of het slachtoffer. De wet biedt namelijk beide mogelijkheden. Pierre Brassel is ook niet strafbaar wanneer hij het *slachtoffer* heeft gewaarschuwd. Uiteraard vooraf.'
Vledder gebaarde wild.
'Maar De Cock,' riep hij geërgerd, 'het is toch wel duidelijk dat hij ook het slachtoffer niet heeft gewaarschuwd. Anders was dit niet gebeurd.'
De Cock stak afwerend een hand op.
'O, wacht eens even. Daarvoor hebben we geen bewijzen. Het is heel goed mogelijk dat Jan Brets wel een waarschuwing heeft ontvangen, maar dat hij die waarschuwing eenvoudig niet ernstig heeft opgevat. Hij kan het als een grap hebben beschouwd. Herinner je je nog hoe jij op het briefje van Brassel reageerde? Ook jij dacht aan een grap.'
Hij schudde zijn hoofd.
'Nee vriend Vledder,' zei hij met een zucht, 'zoals de situatie nu is, kunnen we tegen Brassel niets ondernemen. Iedere rechtstreekse actie zou neerkomen op vrijheidsberoving en dat is een akelig woord.'

5

De Cock wees naar het lijk op de vloer.
'Wel Bram, wat denk je van onze harlekijn?'
Bram van Hessen, de wat oubollige politiefotograaf, plooide zijn dikke lippen tot een grijns.
'Hij ligt er mooi bij. Een harlekijn,' hij grinnikte, 'ja, je hebt gelijk, daar lijkt het op. Het is precies zo'n trekpoppetje. Als je het mij vraagt is hij daar met opzet zo neergelegd. Dat is zo toch geen natuurlijke houding?'
De Cock kauwde op zijn onderlip.
'Heb je dit wel eens meer gezien?'
Bram schudde het hoofd.
'Nee, ik heb in mijn leven toch al heel wat slachtoffers van moordaanslagen gefotografeerd, maar ik heb nog nooit een lijk in zo'n houding aangetroffen. Dit is bepaald vreemd.'
Hij liep behoedzaam om het lichaam heen.
'Waaraan is hij feitelijk gestorven?'
De Cock wees naar de hockeystick.
'Dat is vrijwel zeker het moordwapen, een vermoedelijk met lood verzwaarde hockeystick. Met dat ding is zijn schedel ingeslagen. Kijk maar naar het linkeroor, dat bloed, dat duidt in ieder geval op een schedelbasisfractuur. Ik heb het lichaam nog niet verder kunnen bekijken. Het wachten is op Dr. Rusteloos. Hij zal al wel onderweg zijn. Misschien kan hij mij ook nog iets zeggen over die gekke harlekijnhouding. Het intrigeert me.'
Bram knikte.
'Ja, het is echt vreemd. Zoals ik je al zei ben ik het nog nooit tegengekomen.' Hij riep naar Kreuger: 'Jij Bert, heb jij wel eens zoiets gezien?'
Kreuger schudde mistroostig het sombere hoofd.
'Nee,' zei hij bedroefd, 'het is een nieuwtje, wees er blij mee.'
Bram maakte een grimas tegen De Cock.
'En daar trek ik nu al zoveel jaren mee op.' Het klonk als een jammerklacht. Hij pakte zuchtend zijn fraaie Hasselblad uit zijn tas en begon de gebruikelijke platen te schieten, overzichtfoto's,

details, close-up. Bram hanteerde zijn toestel met meesterschap. Hij was een artiest, verdwaald bij de politie.
Kreuger was snel klaar met het zoeken en afnemen van vingerafdrukken. De hotelkamer was niet groot. Na zijn onderzoek met de poederkwast bleek de vangst aan papillairlijnen gering.
Na een minuut of twintig waren ze beiden klaar. Ze hesen zich weer in hun donkere jassen, namen hun zware leren tassen op en verdwenen - net als zij gekomen waren - met sombere gezichten. Kreuger groette niet eens. Bram draaide zich bij de deur nog even om. 'Die harlekijn,' zei hij wijzend naar het lijk op de vloer, 'die harlekijn bevalt me niet. Als ik jou was, De Cock, zou ik uitzien naar een wat sinistere grappenmaker.'
'En waar vind ik die?'
Bram stak zijn onderlip vooruit.
'Dat is jouw zaak.'
De Cock wuifde grijnzend.
'Bedankt voor de tip.'

Dr. Rusteloos verspilde weinig tijd aan begroetingen. Hij liet zich vrijwel onmiddellijk op één knie zakken en begon het lichaam af te tasten. Toen hij het hoofd van het slachtoffer iets opzij hield, waren de beschadigingen aan de schedel duidelijk te zien.
'Het is een flinke mep geweest,' zei hij, de wondranden bekijkend. 'Voor zover ik kan zien, is er maar één keer geslagen.' Hij glimlachte wat wrang. 'Maar die klap was dan ook ruim voldoende.'
De Cock toonde hem de hockeystick.
'Kan dit het wapen zijn geweest, dokter? De stick is aan de onderzijde verzwaard.'
Dr. Rusteloos bekeek het wapen aandachtig.
'Ja,' zei hij voorzichtig, 'dat kan best. Het is voor mij niet mogelijk dit nu al positief te beweren. Dat begrijpt u. Ik zal dit eerst bij een sectie op het lichaam nog eens nader moeten bekijken, maar het heeft er alle schijn van dat die hockeystick inderdaad is gebruikt. De aard van de schedelverwonding komt er zo oppervlakkig gezien wel mee overeen.'
De Cock knikte peinzend.
'En dokter,' vroeg hij, 'wat denkt u van de houding van het slachtoffer? De stand van de armen en benen. Is dat niet ongewoon? Ik

bedoel, als iemand na een dodelijke klap op zijn schedel ineenzakt en sterft, is dit dan een houding die het lichaam uit zichzelf zou aannemen of kan aannemen?'
Dr. Rusteloos schudde langzaam het hoofd.
'Nee,' zei hij wat weifelend, 'dat is wel ongebruikelijk. Ik heb het nooit zo gezien.' Hij bleef een poosje naar het dode lichaam staren. 'Het is wel vreemd, inderdaad, een rare houding. Het doet mij ergens aan denken. Het lijkt wel een . . .'
' . . . een harlekijn,' vulde De Cock aan.
Het gezicht van Dr. Rusteloos klaarde op.
'Juist ja, inderdaad, een harlekijn.'
Uit zijn mond klonk het erg koddig.

Het verdere onderzoek in het hotel leverde weinig op. Het personeel wist niets bijzonders te vertellen. Alle passe-partout sleutels waren in het bezit van de juiste personen. Er was ook geen enkele sleutel zoek. Een wat oudere liftbediende bevestigde de verklaring van de portier. De heer Brets was om acht uur - hoogstens vijf minuten over achten - binnengekomen. Hij had aan de portier de sleutel van zijn kamer gevraagd en de bejaarde liftboy had hem naar de tweede etage gebracht. De liftboy had nog gezien hoe de heer Brets de lange brede gang uitliep naar zijn kamer. Toen had hij de lift weer laten zakken. Er was niemand met hem mee teruggegaan. Hij had, buiten de heer Brets dan, ook niemand op die tweede etage gezien.
Uit het register bleek dat Jan Brets drie dagen tevoren zijn intrek in het hotel had genomen. Hij had zich aangemeld als *Jan Johannes Brets, oud 25 jaar, van beroep koopman, adres Brekelstraat 315 in Utrecht*. Er kon gevoeglijk aangenomen worden dat de naam juist was. Hij was overgenomen uit een paspoort. Het nummer van het paspoort stond bij de aanmelding. Met een enkel telefoontje was de juistheid te controleren.
Brets had praktisch geen bagage bij zich. Er was alleen maar een kleine, leren weekendtas die in de hotelkamer onder het bed werd teruggevonden. De inhoud bood een verrassing. De tas zat vol uitgebalanceerd gereedschap, werktuigen van een inbreker.
Uit de vele ondervragingen bleek dat Jan Brets geen contacten onderhield met andere hotelgasten. Hij bemoeide zich met nie-

mand. Zover bekend ontving hij ook geen gasten op zijn kamer. Alleen het ontbijt nuttigde hij in het hotel. Verder was hij meestal afwezig. Het gedrag van Jan Brets had geen aanleiding gegeven hem als een bijzondere gast aan te merken. Hij was vrij onopvallend zijn weg gegaan.

Het was alles bijeen nogal ontmoedigend. Het onderzoek in Het Wapen van Groenland leverde de rechercheurs weinig directe aanwijzingen op. De Cock riep de portier nog even naar de kamer.

'Heeft er zo tegen achten nog iemand naar de heer Brets gevraagd?'

'Aan de loge?'

'Ja.'

De portier trok een dwarse denkrimpel in zijn voorhoofd.

'Nee, niet dat ik mij herinner.'

'Telefoon misschien?'

Het gezicht van de portier verhelderde.

'Ja, wacht eens, ja, er is nog gebeld.'

'Hoe laat?'

'Dat moet even over achten zijn geweest.'

'Wie was het?'

De portier haalde zijn schouders op.

'Dat weet ik niet. Er werd geen naam genoemd. Het was een vrouw. Ze vroeg of de heer Brets al aanwezig was.'

'En?'

'Ik zei 'ja', want ik had hem net de sleutel van zijn kamer gegeven.

'Moet ik hem voor u waarschuwen,' vroeg ik. Ze zei: 'Nee, dank u, laat u maar.' Toen verbrak ze de verbinding.'

De Cock knikte traag.

'U hebt wel enige ervaring met telefoontjes en zo; wat denkt u, was het zijn moeder, zijn vrouw, zijn verloofde, geliefde?'

De portier glimlachte.

'Dat is moeilijk te zeggen,' zei hij met een zucht. 'Het leek mij nog anders toe. Niet een relatie, zoals u die noemde. Ik zou zeggen: koeler, zakelijker. Het klonk ook wat gejaagd, nerveus.' Hij pauzeerde even, zakte weg in gepeins. 'Er was iets met die stem,' zei hij na een poosje. 'Er was iets met die stem.'

'Wat?'
De portier plukte trillerig aan zijn onderlip, dwaalde kennelijk in de zolderkamer van zijn herinnering. Ineens verhelderde zijn blik.
'Ik weet het,' riep hij verheugd, 'ik weet het weer. De stem had een Duits accent. U weet wel zo'n Duitse, die al jaren in Nederland woont, goed Nederlands spreekt en aan wie men toch hoort . . .'
De Cock knikte.
'Ik begrijp u.'
De broeders van de geneeskundige dienst kwamen binnen. Ze schoven de armen van de harlekijn tegen het lichaam en drukten de benen tegen elkaar. Toen tilden ze hem voorzichtig op de brancard. De Cock volgde gespannen hun verrichtingen.
Nadat de broeders met het lijk van Brets waren vertrokken deed De Cock nog een laatste inspectie. Daarna sloot hij de kamer af en verzegelde het slot.
Vledder probeerde intussen hoeveel tijd er nodig was om van de portiersloge naar kamer 21 te gaan en terug. Het was precies vier minuten, de tijd voor het kloppen op de deur meegerekend.
Na ruim drie uur onderzoek verlieten de rechercheurs Het Wapen van Groenland.
Het was stil op straat. Over het haast verlaten Damrak liepen ze naar de Warmoesstraat. Vledder droeg de hockeystick en de weekendtas van Brets met gereedschap.
De Cock kwam achter hem aan. In zijn zo typische, wat waggelende slenterpas sjokte hij voort. Zijn oude vilten hoed stond nonchalant scheef achterop zijn hoofd. De Cock dacht. Onderwijl floot hij met vooruitgestoken lippen *O, kom er es kijken;* het klonk uiterst vals. Hij floot altijd vals en altijd Sint-Nicolaasliedjes, zelfs midden in de zomer als de Goedheiligman toch verondersteld werd in Spanje te verkeren. *O, kom er es kijken, wat er in mijn schoentje zit, alles gekregen . . .*
Bij het beeld van het beursmannetje, midden op het Damrak bleef hij plotseling staan. Het oude liedje dreunde in zijn hoofd:
een pop met krulletjes in het haar
een snoezig jurkje kant en klaar
drie kaatse-ballen in een net
een lettertje van banke-e-et.

Hij sjokte bedroefd verder.
'D'r zat geen harlekijn bij.'

6

De Cock koesterde zijn vermoeide voeten.
Met zijn beide benen rustend op zijn bureau, zat hij behaaglijk achterover geleund in zijn stoel en tipte met zichtbaar genoegen de as van zijn sigaret op de pas gewreven vloer van de recherchekamer.
Het zo plotseling verscheiden van de vijfentwintigjarige koopman uit Utrecht bedroefde hem niet. Hij was er niet kapot van. Hij kon bij zichzelf niet ontdekken van droefheid, leed, medelijden. Jan Johannes Brets was dood, vermoord, en daardoor was hij er ambtelijk bij betrokken. In de burgerlijke samenleving was het nu eenmaal niet toegestaan dat men zijn medemensen de schedel insloeg. Dat kon niet, dat mocht niet. De staat was er tegen.
Wat hem werkelijk intrigeerde was het raadsel, het hoe en waarom van de daad. Moorden pleegde men niet voor niets. Ze hadden altijd een achtergrond, een doel, een motief. Welk?
Hij pakte uit de binnenzak van zijn colbert een grauwe dienstenveloppe en nam daaruit een wat verkreukeld briefje. Hij gaf het voorzichtig aan Vledder die tegenover hem genoeglijk aan een verse bak koffie lurkte.
'Wat is dat?'
De Cock grijnsde.
'Gevonden onder het lijk van Jan Brets. Het kwam te voorschijn toen de broeders van de geneeskundige dienst het lichaam van de vloer op de brancard tilden.'
Vledder bekeek het briefje met stijgende verbazing.
'Maar dat is van Brassel.'
De Cock knikte.
'Ja, een wat vaag gesteld waarschuwingsbriefje aan het slachtoffer. Maar mijns inziens toch wel voldoende om straffeloos te zijn.

Lees maar.'
Vledder las hardop.
'Geachte heer Brets, ik raad u aan om woensdagavond na acht uur niet meer naar uw hotelkamer te gaan. Blijf weg. Er wacht u anders een dodelijke verrassing, ondertekend: Pierre Brassel.'
Hij gaf het briefje aan De Cock terug.
'Waar heb je het gevonden, onder het lijk?'
'Ja.'
'Niet in een van zijn zakken?'
'Nee.'
'Vreemd, vind je niet. Als Brets dat briefje normaal had ontvangen, ik bedoel, iemand had het hem gegeven, dan zou hij het toch bij zich hebben gestoken.'
De Cock knikte peinzend.
'Dat is inderdaad het meest waarschijnlijk. Ik vermoed dan ook dat Jan Brets dat zogenaamde waarschuwingsbriefje zelf nooit onder ogen heeft gehad. Het werd, neem ik aan, na de moord onder het lijk gelegd, opdat wij het later bij ons onderzoek zouden vinden,' 'en,' vulde de jonge Vledder aan, 'Brassel gevrijwaard zou worden tegen een strafrechtelijke vervolging wegens het niet waarschuwen van een man wiens leven werd bedreigd.'
De Cock knikte zijn leerling goedkeurend toe.
'Zo is het Dick, zo is het precies. De makers van het plan hebben aan alles gedacht. Het is perfect, griezelig perfect. Ik zou zeggen, bijna volmaakt.'
Vledder keek verrast op.
'Bijna?'
De Cock woelde met zijn vingers door zijn stugge haar.
'Ze maken altijd fouten,' zei hij zuchtend, 'altijd. Er moet ook nu ergens een fout zijn.
Hij gebaarde wat loom.
'Zie je, als ik vandaag in een "volmaakte moord" zou geloven, nam ik morgen ontslag bij de recherche.'
Vledder zat aan zijn bureau en belde al meer dan twintig minuten met het bureau Herkenningsdienst van de Utrechtse politie. De stroom van informaties die men hem verschafte, scheen niet te stuiten. Hij had moeite om alles precies te noteren. Toen hij eindelijk de hoorn op het toestel legde, slaakte hij een zucht van

verlichting.
'En,' vroeg De Cock belangstellend, 'wat weten onze vrienden in Utrecht allemaal over Jan Brets te vertellen?'
Vledder trok een grimas.
'Nou,' zei hij breed grijnzend, 'ze zijn in Utrecht helemaal niet rouwig om zijn dood. Als je het mij vraagt laat de commissaris daar morgen voor het gehele personeel champagne aanrukken, om het te vieren.'
De Cock lachte hartelijk.
'Is het zo erg?'
Vledder keek op zijn lijstje.
'Ja,' zei hij ernstig, 'zo erg is het. Ze hebben door de jaren heen in Utrecht heel veel last van Jan Brets gehad. Ik heb hier zijn strafblad. En dat is nogal wat. Hij heeft in zijn toch betrekkelijk korte leven kans gezien om bijna alles te doen wat Onze Lieve Heer hier op aarde verboden heeft. Diefstalletjes, inbraken, berovingen, alles, tot moord toe.'
De Cock grijnsde.
'Een frisse jongen.'
Vledder knikte.
'Inderdaad, dat kun je wel zeggen. Als ik zijn waslijst zo eens bekijk, dan heeft hij tijdens zijn leven meer *in* gevangenissen en inrichtingen gezeten dan dat hij er *buiten* was.'
De Cock keek een poosje nadenkend voor zich uit.
'Toch begrijp ik het niet helemaal,' zei hij hoofdfronzend. 'Als ik goed naar je heb geluisterd, stond er toch ook moord op zijn lijstje?'
'Ja.'
'Wat was dat voor een moord?'
Vledder boog zich over zijn krabbels.
'Eens even zien. Ja, hier heb ik het. Dat was al op zijn zeventiende jaar. Tijdens een weekendverlof, *hem wegens goed gedrag verleend,* is hij met een achttienjarig vriendje, afkomstig uit dezelfde inrichting, ergens in Haarlem 's nachts een huis binnengedrongen. Ze hebben daar toen een oude man, die zich hevig verzette overvallen en vermoord. De gehele buit van de operatie - moord incluis - bedroeg, zo staat hier, elf gulden en drie cent.'
De Cock schudde meewarig het hoofd.

'Het is erg,' zei hij zuchtend, 'heel erg. Elf gulden en drie cent, de waarde van een mensenleven.' Hij zuchtte opnieuw. 'Maar nu, nu was hij toch normaal op vrije voeten?' Vledder knikte.
'Hij was niet ontsnapt of iets dergelijks. Toen Jan Brets de dood vond, was hij vrij, net als jij en ik.'
De Cock ging er eens goed voor zitten.
'Maar,' vroeg hij met lichte verbazing, 'is hij destijds voor die moord niet gestraft?'
Vledder trok zijn schouders op.
'Ik neem best aan dat hij gestraft is,' antwoordde hij met een zweem van spot in zijn stem, 'maar zoals in ons vriendelijke landje gebruikelijk is, bijzonder humaan. Hij is na die moord, nog twee maal door de rechter veroordeeld. Beide keren voor een uitgebreide serie inbraken. Het begint alweer op zijn tweeëntwintigste jaar. Voor die moord zal hij dus niet zoveel straf hebben gekregen. Ik schat ten hoogste een jaar of drie.'
Opgenomen in een maalstroom van gedachten, staarde De Cock een tijdlang wazig in het niets. Langzaam stond hij van zijn stoel op. 'Och ja,' zei hij wat somber, 'wat wil ik? Straf en vergelding zijn verouderde begrippen. We plegen tegenwoordig slechts medelijden te hebben en worden met de dag fideler.'
'Je bedoelt crimineler,' zei Vledder grimmig. 'Misdaad lijkt wel een vorm van vrijetijdsbesteding.'
Hij snoof verachtelijk.
'Meneer,' Vledder sprak met een heel gek hoog stemmetje, *'wat doet u in uw vrije tijd?* O, ik? Ik ben een beetje crimineel. Elke zaterdag een pittig inbraakje voor de ontspanning en eenmaal in de maand een onschuldige moord om volledig te relaxen. *Zo, en wordt u dan nooit door de politie gepakt?* O, jawel, steeds. Maar ik heb een paar complexen. De psychiaters en de rechters laten me direct weer vrij. Ziet u, ik heb dat criminele nodig, voor mijn sociale aanpassing.'
De Cock schoot in de lach.
'Kom, kom,' zei hij vriendelijk sussend. 'Dick, niet zo cynisch. Zo erg is het niet. Je overdrijft schromelijk. Bovendien is de berechting van misdadigers een zaak die ons niet aangaat. Daar hebben wij, als rechercheurs, niets mee te maken. En dat is maar gelukkig ook.

Laten we liever onze aandacht bepalen bij vriend Jan Brets en zijn zo plotselinge dood.'
Vledder knikte somber.
'Je hebt gelijk,' zei hij berustend. 'Het heeft geen zin om je daarover kwaad te maken, en misschien zie ik het toch wel te eenzijdig.'
De Cock glimlachte.
'Ik heb eens een oude rechercheur gekend, die bij elke zaak die hij kreeg te behandelen, alle duivels uit de hel vloekte. Zijn stelregel: zet alle mensen achter tralies, dan hebben wij bij de recherche tenminste een rustig leven.'
Vledder keek hem verwonderd aan.
'En meende hij dat?'
De Cock grinnikte.
'Ik voor mij geloof dat hij alleen maar erg lui was.'
Op dat moment rinkelde de telefoon. Vledder nam de hoorn op.
'Voor jou,' zei hij, nadat hij even had geluisterd, 'de portier van Het Wapen van Groenland.'
De Cock nam de hoorn over.
'Ja?'
'In ons telefoonboekje,' zei de portier, 'heb ik voor de heer Brets twee interlocale gesprekken staan. Beide keren naar Utrecht, nummer 271228. Ik heb opdracht de interlocale gesprekken te noteren. Ze worden de gasten namelijk later in rekening gebracht. Ik kwam ze tegen toen ik de rekening voor de heer Brets opmaakte, nou ja, de verliespost. Of dacht u dat de familie misschien nog . . .'
De Cock negeerde de opmerking.
'Utrecht,' herhaalde hij, 'twee-zeven-een-dubbel twee-acht.'
'Hebt u er wat aan?'
'Dat is vooruit moeilijk te żeggen. In ieder geval mijn hartelijke dank.'
Hij verbrak de verbinding.
'Heb je het nummer genoteerd Dick?'
Vledder knikte.
De Cock begon door de grote recherchekamer te stappen. Hij voelde zich niet geheel op zijn gemak. Op zijn geliefkoosd plekje bij het raam bleef hij staan en keek naar buiten in de lange smalle

Heintje Hoekssteeg. Op zijn voorhoofd lagen diepe denkrimpels. De moord op Jan Brets had een paar vreemde kanten. Hij was in zijn lange loopbaan bij de recherche iets dergelijks nog nooit tegengekomen. In zijn gedachten liet hij alle facetten van de zaak nog eens de revue passeren.
'Jan Brets,' zo memoreerde hij hardop, 'we mogen wel zeggen een notoire bajesklant, wordt in zijn hotelkamer vermoord. De moordenaar die hem kennelijk achter de deur stond op te wachten, slaat hem zonder meer van achteren de schedel in. Er is geen sprake geweest van een gevecht. Brets werd door de aanval volkomen verrast. Het wapen, de hockeystick, was lang van tevoren voor de moord geprepareerd. Er is dus sprake van een goed uitgedacht plan. Daar wijst trouwens ook het zo vreemde briefje van Pierre Brassel op. Wat bij dit alles echter volkomen in het duister blijft hangen is het motief.
Van het slachtoffer weten we dat hij zich de laatste jaren kennelijk alleen met inbraken bezig hield. In zijn fraaie, leren weekendtas hebben we ook alleen maar typische inbrekerswerktuigen gevonden. Er bestaat dus een gegronde reden om aan te nemen dat Jan Brets ook nu weer op karwei was.'
De Cock pauzeerde even en streek met zijn hand langs zijn gezicht. 'Maar dan,' zei hij wat aarzelend, 'maar dan vraag ik mij toch af of hij alleen was.'
Vledder haalde zijn schouders op.
'Mogelijk,' zei hij traag. 'Misschien ook was Jan Brets hier alleen maar op verkenning en wachtten ergens anders zijn vrienden tot Jan vond dat de operatie rijp was voor uitvoering.'
De Cock knikte.
'Ja,' zei hij peinzend, 'dat kan het zijn geweest. Jan Brets was namelijk geen man die er helemaal alleen op uittrok. Dat blijkt ook uit zijn strafblad. Hij had steeds medeplichtigen. Er moeten nog ergens anderen zijn, die van het plan op de hoogte waren.'
'Een plan voor een kraak.'
'Precies Dick, een kraak ergens hier in Amsterdam. Ik neem aan iets groots, iets dat uitgebreide voorbereidingen nodig had. We kunnen er rustig van uitgaan dat Jan Brets niet voor niets vanuit Utrecht naar Amsterdam is gekomen. Het feit dat een man als hij zijn intrek neemt in Het Wapen van Groenland, voor zijn doen

toch een groot hotel, duidt volgens mij op iets uitzonderlijks.'
Vledder staarde voor zich uit.
'Je hebt gelijk,' zei hij langzaam, 'het moet inderdaad wel iets uitzonderlijks zijn geweest en het zou mij uiteindelijk niets verwonderen als zijn plotselinge dood daarmee verband hield.'
De Cock gebaarde.
'Het lijkt mij wat voorbarig om nu al een dergelijke conclusie te trekken. We zullen toch eerst wat meer moeten weten. Bijvoorbeeld: als er al een plan was, wat behelsde het. Wie waren de deelnemers? En bovenal, wat bracht Jan Brets er toe om in Amsterdam te gaan kraken. Kreeg hij een tip? Zo ja, wie tipte? Bedenk wel dat Jan Brets in de Amsterdamse onderwereld een onbekende grootheid was. Ik had nog nooit van ene Jan Brets gehoord.'
Vledder schudde het hoofd.
'Ik ook niet. Maar wat mij het meest interesseert: hoe past *Brassel* in onze redenering?'
De Cock zuchtte.
'Misschien was hij wel het brein, de ontwerper van het plan. Wie zal het zeggen?'
Vledder keek zijn oudere collega onderzoekend aan.
'En hoe verklaar je dan de moord?'
De Cock antwoordde niet. Hij staarde naar buiten. Zijn gezicht had geen uitdrukking. Plotseling draaide hij zich om en liep naar de kapstok. 'Kom Dick,' zei hij, terwijl hij zijn oude regenjas aantrok, 'we moesten maar eens naar Utrecht gaan.'
Vledder plooide zijn gezicht in verbazing.
'Naar Utrecht, nu nog? Weet je wel hoe laat het is?'
De Cock trok een ernstig gezicht. 'Nooit te laat om een oude moeder te condoleren met het verlies van haar zoon.'

7

Vledder en De Cock stonden beiden in een akelig Utrechts straatje aan de rand van een smal trottoir. Ze hadden nadrukkelijk

gebeld en uitgebreid op deuren gebonsd. Tenslotte was uit een raam op de eerste etage een onverzorgd vrouwenhoofd te voorschijn gekomen.
De Cock keek in het donker omhoog.
'Mevrouw Brets?'
'Ja,' klonk het snauwerig.
'Het spijt me,' riep De Cock vriendelijk, 'echt mevrouw, het spijt me dat ik u wakker heb gemaakt. Wij wilden even met u spreken.'
'Nu, midden in de nacht?'
'Ja, het is belangrijk.'
'Ik ben voor niemand te spreken,' riep het onverzorgde vrouwenhoofd terug, 'voor niemand. En als u nog langer blijft bellen en bonzen waarschuw ik de politie.'
De Cock kuchte.
'Wij . . . eh, wij zijn zelf van de politie.'
'O.'
'Ja.'
'Wat wilt u dan?'
'Het gaat over uw zoon.'
'Over Jantje?'
De Cock kreeg pijn in zijn nek van het omhoog kijken.
'Ja,' riep hij terug, 'over Jantje.'
'Wat is er dan met Jantje?'
De Cock zuchtte diep. De luide conversatie in de stille straat zinde hem niet. Straks werd de hele buurt wakker.
'Zoudt u ons toch niet even binnenlaten?' vroeg hij dwingend. 'Het praat wat lastig zo.'
'Nou, een ogenblikkie dan.'
Het hoofd verdween.
Na een paar minuten klonk er beneden in het huisje gestommel. Er ging licht aan in de gang en even later werd met veel gerammel van sloten en grendels de buitendeur opengedaan.
'Kom binnen en kijk asjeblieft niet naar de rotzooi om je heen. Het is hier beneden nog niet opgeruimd.'
Ze schuifelde weg.
De Cock mompelde zo iets van: 'Dat geeft toch allemaal niet,' en waggelde achter het vrouwtje aan de gang in. Vledder volgde.
Ze was mager, schonkig, met grijs piekerig haar dat in korte

sliertjes langs haar hoofd hing. Van onder een haastig aangeschoten regenjas hing een uitgezakte punt van een bleekrose nachtjapon. Daaronder staken een paar dunne witte benen in oude scheefgetrapte pantoffels. Ze waren haar veel te groot, zodat ze slofte. Ze ging de rechercheurs voor naar een peuterig kamertje, waar ze zich bij een uitgedoofde kachel wat rillend op een smoezelige bank liet zakken.
'Ga zitten,' zei ze met een weids gebaar. 'Leg het vuile wasgoed maar ergens op de grond. Ik zou vandaag eigenlijk aan de was, maar ik ben er niet toe gekomen. Ik voel mij niet zo goed de laatste dagen. Ik heb het in mijn rug, spit denk ik.' Ze zuchtte diep. 'Och,' zei ze wat triest, 'als een mens oud wordt, krijg je allerlei kwaaltjes. Je houdt het niet tegen, zo min als de jaren. Ouderdom komt met gebreken.'
De Cock knikte instemmend. Hij schoof het wasgoed wat opzij en ging naast het vrouwtje op de bank zitten.
'Mijn naam is De Cock,' zei hij vriendelijk. 'De Cock met ceeooceekaa. En dat is mijn collega Vledder. Wij zijn beiden rechercheurs van politie. We komen uit Amsterdam.'
'O,' zei ze 'uit Amsterdam.'
'Ze was blijkbaar het bezoek van rechercheurs gewend.
Het was, zo leek het, voor haar alleen nog maar de vraag vanwaar zij kwamen.
'Amsterdam,' herhaalde ze, 'Amsterdam.'
De Cock knikte. Onderwijl beet hij wat nerveus op zijn onderlip. Hij wist niet precies hoe hij het vertellen zou; hij zocht naar de juiste woorden. Het vrouwtje keek naar hem op. Om haar vragende blik te ontwijken, keek hij over haar heen naar Vledder die tegen de schoorsteen stond geleund. Het vrouwtje voelde zijn aarzeling.
'Nou, wat is er met Jantje, zit ie?'
Haar stem klonk schril.
De Cock streek met de rug van zijn hand langs zijn mond. Het was zo moeilijk om de toestand van Brets te kenschetsen. Hij dacht er over na.
'Nee,' zei hij wat aarzelend, 'hij zit niet.'
'Wat is er dan?'
Hij schoof wat dichter naar haar toe.

'Het is . . . eh, het is wat anders. We hebben Jantje vanavond in Amsterdam in een hotel gevonden. Het is niet zo best met hem.'
Ze keek hem met felle oogjes aan.
'Wat is er met Jan?'
De Cock slikte.
'Wat is er met Jan,' herhaalde ze snauwerig. 'Je kan het mij rustig zeggen. Ik schrok niet zo gauw meer. Ik ben waarachtig wel wat van hem gewend.'
De Cock slikte opnieuw.
'Jan . . . eh, Jan is dood.'
Ze veranderde niet zichtbaar. Haar lange, pezige vingers reikten naar de sigaretten en lucifers op het ronde tafeltje voor haar. 'Zo,' zei ze gelaten, 'het is er dus toch van gekomen.' Ze stak met trillende vingers haar sigaret op en inhaleerde diep. 'Het is er dus toch van gekomen,' herhaalde ze. Haar stem klonk vreemd, als kwam het geluid van heel ver.
Ze liet langzaam de rook uit haar longen ontsnappen.
'Het zat er in,' ging ze mompelend verder, 'gewoon, het zat er in. Het verbaast me niks, nee.'
Ze schudde mistroostig het hoofd.
'Het kon eigenlijk niet uitblijven.'
Vledder en De Cock luisterden naar de wat verwarde monoloog. Ze lieten haar maar rustig begaan en keken zwijgend toe hoe ze na een paar trekken al de sigaret in de asbak uitdrukte. Ze deed het overdreven zorgvuldig. Ze bleef drukken, ook toen de sigaret al lang was gedoofd.
Langzaam veranderde haar pose. De greep van haar zelfbeheersing verslapte. Het schokken begon ergens van binnenuit. Onstuitbaar. Plotseling sloeg ze haar beide handen voor haar gezicht en begon te snikken. Haar hele lichaam raakte in heftige beweging.
De Cock voelde een diep medelijden. Hij legde zijn arm om haar magere schouders en trok haar zachtjes naar zich toe. Ze verzette zich niet. Ze huilde haar verdriet uit, smartelijk, met lange gieren uit een astmatische borst. Een arm, zielig, veel geplaagd vrouwtje, moeder van een mislukte zoon.
Het duurde geruime tijd voor ze weer een beetje was gekalmeerd. Ze raapte een vuil hemdje van de grond en droogde daarmee haar tranen. 'Hoe,' vroeg ze na een poosje, 'hoe is het eigenlijk gegaan.

Of mag ik dat niet weten?'
De Cock zuchtte.
'Natuurlijk, natuurlijk mag u dat weten.'
'Nou,' drong ze aan.
De Cock antwoordde niet direct. Hij keek haar eens van opzij aan en schatte haar weerstandsvermogen.
'Jantje werd vermoord.'
'Vermoord?'
'Ja.'
Ze schonk hem een wrange glimlach.
'Ik dacht eerlijk gezegd dat hij door de politie was doodgeschoten.'
De Cock fronste zijn wenkbrauwen.
'Waarom door de politie?'
Ze haalde haar schonkige schouders op.
'Dat lag volgens mij het meest voor de hand. Het zou ook het best bij hem hebben gepast.'
De Cock grinnikte wat verlegen. 'Dat begrijp ik niet.'
'Och,' zei ze wat wrevelig, 'laat maar zitten. Wat geeft het nu nog. Hij is toch dood. Waarom zullen we er nog over zeuren?'
De Cock zuchtte.
'Luister eens moedertje,' sprak hij ernstig, 'het is misschien akelig om het te vertellen, maar het is beter dat u de feiten kent. Vroeg of laat hoort u ze toch. Iemand, wij weten nog niet wie, sloeg Jan met een zwaar voorwerp achter op zijn hoofd. Het was moord. Mijn collega en ik zijn met het onderzoek belast. Het is geen eenvoudige opgave om de moordenaar van Jan te vinden. We hebben alles bij elkaar niet zo veel aanwijzingen en daarom hadden wij gehoopt, dat u ons zou kunnen helpen.'
De uitdrukking op haar gezicht veranderde. De mildheid die het verdriet daarop had getekend, verdween langzaam. Het was alsof zij zich weer bewust werd met wie ze sprak, rechercheurs van politie en dat niet voor het eerst in haar leven. De herinneringen uit het verleden hadden een wat wrange nasmaak.
'Waarom,' vroeg ze argwanend, 'waarom zou ik de politie helpen?'
'Om . . . eh, omdat het nu eenmaal uw plicht is,' antwoordde De Cock voorzichtig.

Ze grijnsde. 'Mijn plicht?' Ze sprak het uit alsof het een vies woord was.
De Cock slikte.
'Omdat het uw zoon betreft.'
Ze snoof verachtelijk.
'En krijg ik hem daarmee terug?'
De ogen van De Cock vernauwden zich.
'Nee,' zei hij plotseling fel, 'daar krijgt u uw zoon niet mee terug. Ik ben Onze Lieve Heer niet. Ik kan wat dat betreft geen koehandeltje met u doen. Ik had alleen gehoopt dat de dood van uw zoon u iets had geleerd. Ik heb mij blijkbaar vergist.'
Hij stond van de bank op en liep het kamertje uit.
'Kom,' zei hij tegen Vledder, 'laten we maar gaan. Het heeft geen zin hier langer te blijven. We verknoeien onze tijd.'

Ze kwam haastig overeind en dribbelde achter hem aan. In de gang haalde ze hem in en greep hem van achteren aan zijn jas vast.
'Wanneer krijg ik hem thuis, meneer?'
Het klonk smekend, haast angstig.
'Meneer, wanneer krijg ik mijn jongen thuis? Hij wordt toch van hieruit begraven?'
De Cock draaide zich langzaan om. Haar woorden deden hem pijn. Hij had alweer spijt dat hij zo fel tegen haar was uitgevaren. Hij keek op haar neer en ontmoette haar blik. Er schoot een brok in zijn keel dat hij niet kon wegslikken. Van haar gerimpeld gelaat straalde weer de mildheid, de vertedering, die alleen een oude moeder kent. En daartegen had De Cock geen weerstand.
Hij legde zijn grote hand op het grijze hoofd.
'Ik, ik maak het voor je in orde,' zei hij zacht. 'Jan wordt van hieruit begraven.'
Er gleed een lieve glimlach over haar gezicht.
'Dank u,' zei ze simpel.
Ze namen afscheid.
Voordat de rechercheurs de deur uitstapten, zei ze nog: 'Ga eens naar Dikke Toon, ik denk wel dat hij jullie iets kan vertellen. Hij ging de laatste tijd veel met Jantje om.'
Ze zuchtte.

'Zeg maar tegen Toon dat ik jullie heb gestuurd.'
Toen deed ze de deur achter hen dicht en slofte terug naar haar kamertje.

8

Dikke Toon droeg zijn bijnaam met ere.
Hij was dik, rond, mollig, met een laaghangende onderkin en kleine, diep weggedrongen varkensoogjes boven bolle wangen.
Hij had zich niet eens de moeite gegeven op te staan. Hij ontving de beide rechercheurs in bed, met naast zijn rechterdijbeen, weggedoken onder de dekens, een ondefinieerbaar vrouwtje, van wie eigenlijk alleen maar een klein plukje kroezig permanent te zien was. Dikke Toon klauwde ergens onder zijn hemd.
'Zo,' zei hij geeuwend, 'ma Brets heeft jullie gestuurd en Jantje heeft in Amsterdam een harde tik op zijn kersepit gekregen.'
'Inderdaad,' antwoordde De Cock laconiek, 'zo zou je het in het kort kunnen samenvatten.'
Toon trok een gezicht van niet-begrijpen.
'Vertel me dan eens,' zei hij uitdagend, 'wat *ik* daar mee te maken heb?'
De Cock schudde zijn hoofd.
'Niets, totaal niets.'
Het vollemaansgezicht van Dikke Toon klaarde op. Hij spreidde een paar machtige armen uit en keek De Cock verontwaardigd aan.
'Nou, en wat wilt u dan?'
De Cock ging onuitgenodigd aan het voeteneinde van het bed zitten.
'Luister eens Toon,' sprak hij gemoedelijk, 'we hebben gegronde reden om aan te nemen dat Jan Brets niet puur voor zijn genoegen in het hotel Het Wapen van Groenland logeerde, maar dat hij bezig was met een karwei. En omdat Het Wapen van Groenland een nogal chic hotel is, dachten wij aan een heel bijzonder karwei, kortom: een grote klapper.'
Dikke Toon grinnikte.
'U denkt lekker,' zei hij bewonderend.

De Cock veegde met zijn vlakke hand langs zijn gezicht en zuchtte diep. Hij begreep heel goed dat hij op deze manier niet veel verder zou komen en besloot daarom van tactiek te veranderen.
'Jan Brets,' zei hij geduldig, 'was jouw beste vriend niet waar?'
Dikke Toon knikte heftig.
'Ja meneer, dat was ie.'
'Mooi,' vervolgde De Cock, 'en nu is Jan Brets, jouw beste vriend, dood, vermoord. Iemand is zo onvriendelijk geweest om hem zijn schedel in te slaan.'
'Een rotstreek, meneer,' reageerde Toon volkomen spontaan, 'dat hadden ze nou niet moeten doen.'
De Cock slikte iets weg.
'Ja Toon,' zei hij met een snik in zijn stem, 'je hebt gelijk, een rotstreek. En daarom vraag ik nu aan jou, zijn beste vriend: kan het mogelijk zijn dat de moord op Jan Brets iets met die klapper te maken heeft?'
Toon dacht diep na. Het was te zien. Hij streek met een vettige hand over zijn kortgeknipte schedel en trok een pijnlijk gezicht. Denken was voor Toon een pijnlijke bezigheid.
'Het kan,' zei hij na een poosje, 'het kan. Maar ik geloof het niet.'
'Waarom niet?'
'Niemand wist van die klapper af.'
De Cock zuchtte.
'Maar jij Toon, jij wist het toch?'
Hij keek hem verwonderd aan.
'Ik, nou ja, allicht. Ik hoorde er toch bij.'
'Waarbij?'
Dikke Toon knipperde een paar maal met zijn kleine oogjes en begon toen wat schaapachtig te lachen.
'Je hebt me te pakken hè, je hebt me te pakken. Ik heb mijn grote mond weer eens voorbijgepraat.'
De Cock negeerde de opmerking.
'Nou,' drong hij aan, 'waar hoorde je bij?'
'Bij de ploeg.'
Het klonk onwillig. 'Bende bedoel je.'
Dikke Toon haalde zijn kolossale schouders op.
'Zo kan je het natuurlijk noemen. Het klinkt alleen zo woest, zo Amerikaans. Het was gewoon een ploeggie jongens.'

‘Wat voor jongens?’
Dikke Toon schudde het hoofd.
‘Laten we er mee uitscheiden, rechercheur,’ riep hij licht geërgerd. ‘Jan en ik hoorden bij dat ploeggie, fijn, dat weet u dan. Maar verder moet u niet vragen. Het heeft geen zin. De namen van de anderen noem ik toch niet.’
De Cock schonk hem zijn innemendste glimlach.
‘Goed, goed,’ zei hij beminnelijk, ‘we praten er niet meer over. Je wilt niemand verlinken, daar kan ik inkomen.’ Hij ademde diep. ‘Maar wat anders, wat was het voor een klapper?’
Dikke Toon trok een onwillig gezicht.
‘Wat was het voor een klapper?’ herhaalde De Cock wat dwingender.
‘Dat zeg ik liever niet.’
De Cock keek hem strak aan.
‘Je bedoelt,’ zei hij gemelijk, ‘dat nu Jan Brets dood is, jij en de anderen nog altijd dat karwei kunnen opknappen.’ Hij maakte een klein gebaartje. ‘Het scheelt in ieder geval weer een portie.’
Plotseling dook naast Toon in het bed een vrouwenhoofd op; een jong vrouwenhoofd met zwart kroezig haar en verveegde slierten make-up op een bleek gezicht. Ze had blijkbaar de hele conversatie van onder de dekens gevolgd.
‘Jij,’ riep ze gedecideerd, ‘jij doet niet meer mee. Jij niet. Wat die anderen doen, moeten zij weten. Maar jij doet niet meer mee. Jij laat die klapper zakken. Ik heb hem nooit vertrouwd, en nou zie je het, het is Jan Brets zijn dood geworden. Ik heb je direct al gezegd, ik moet die vent niet. Hij stond mij helemaal niet aan,’ Dikke Toon trachtte het hoofd weer onder de dekens te drukken - ‘die fijne meneer.’
‘Hou je waffel, Marie,’ riep Toon fel, ‘dat zijn jouw zaken niet.’
‘Wat voor een *fijne* meneer,’ vroeg De Cock hevig geïnteresseerd.
‘Nou,’ riep Marie heftig, ‘die vent natuurlijk, die vent die Jan Brets die tip heeft gegeven, die accountant.’
‘Wat?’ riep De Cock verbijsterd.
‘Ja, die accountant, toe nou, hee Toon, hoe heette die vent ook weer?’
‘Pierre Brassel,’ vroeg De Cock hoopvol.
Het bleke gezicht van Marie klaarde op.

'Precies, Pierre Brassel.'

De Cock stond met zijn handen op zijn rug voor het raam van de recherchekamer en keek naar buiten. Het vroege morgenlicht glipte alweer door de smalle Heintje Hoekssteeg en de vogeltjes op de daken van de Warmoesstraat tjilpten en zongen zo helder en zuiver, alsof een vijftig meter verder de rose Walletjes door blanke Begijntjes werden bewoond.
'Wat een avond en wat een nacht,' verzuchtte De Cock, 'om nooit te vergeten. Het is alles bij elkaar nog geen tien uur geleden dat Pierre Brassel hier de recherchekamer binnenstapte en de ellende begon.'
Hij wipte een paar maal op de ballen van zijn voeten om de loomheid uit zijn kuiten te verdrijven.
'Het was maar gelukkig dat die oude rechercheur Van der Meijden in Utrecht ons vrijwel direct kon vertellen wie Dikke Toon was en waar hij woonde. Ik ben in het Utrechtse onderwereldje niet zo erg best thuis. Het had anders beslist wel even geduurd, voordat we hem hadden gevonden.'
Vledder kwam naast hem staan.
'Goed beschouwd,' zei hij wat triest, 'zijn we met ons onderzoek niet zo veel verder gekomen. Zo spraakzaam was Dikke Toon nu ook weer niet.'
De Cock schudde lachend het hoofd.
'Die Toon.' zei hij grijnzend bij de herinnering, 'die Dikke Toon, wat een vleesklomp. Hij had bijna het hele tweepersoonsbed nodig. Wat een kolos van een vent.
Maar bij dat kleine zwarte onderdeurtje, die Marie, had hij toch niet veel te vertellen. Ik was blij dat ze onder de dekens vandaan kwam, anders was de naam Brassel misschien nooit gevallen.'
Vledder knikte.
'Toch is het jammer dat hij ons, ondanks alles, niet wilde vertellen wat voor een klapper het ploegje op het oog had en misschien nog heeft.'
'Dat is inderdaad jammer,' herhaalde De Cock. 'Ik had verrekt graag willen weten met wat voor een tip Brassel voor de dag is gekomen. Het moet wel iets zijn geweest dat de jongens aansprak. Het vormen van een bende, hoe simpeltjes ook, is in ons landje

minder gebruikelijk. Ook de Hollandse misdadiger is van nature een pure individualist die er hoogstens met een enkel gabbertje op uittrekt.'
Vledder gebaarde.
'Misschien dat ze onder de bezielende leiding van Pierre Brassel hun weerzin tegen samenwerking hebben laten varen. Wij weten toch niet wat hij de jongens heeft voorgespiegeld?'
De Cock keek op zijn horloge.
'Het is bijna zes uur. Ik stel voor dat we eerst eens een paar uur gaan slapen. Het is mooi genoeg geweest. Ik heb de recherche in Utrecht gevraagd mij in de loop van de morgen alle stukken van Jan Brets aan mijn huis te laten bezorgen. Ik kan ze dan vanmiddag thuis eens op mijn gemak doornemen. Je weet het nooit. Misschien vind ik er iets in.'
Vledder keek zijn oude leermeester onderzoekend aan.
'En wat doe ik?'
De Cock stak zijn onderlip vooruit.
'Ik heb voor jou iets bijzonders. Jij gaat in de loop van de middag naar Utrecht en probeert daar in contact te komen met Marie van Dikke Toon.' Hij stak waarschuwend een vinger op. 'Uiteraard zonder Toon. Zie je, met Dikke Toon erbij praat ze niet, althans niet vrijuit. En ik heb zo'n idee dat die kleine zwarte ons heel wat over Brassel en zijn bende zou kunnen vertellen.'
Vledder trok een beteuterd gezicht.
'Dat zal niet meevallen.'
De Cock trok zijn wenkbrauwen op.
'Moet dat?' vroeg hij quasi verbaasd.
'Nou nee, maar krijg haar nu eens alleen te pakken. Die Toon waakt over haar als een kloek over haar kuikens.'
De Cock lachte.
'Je trekt vreemde vergelijkingen.'
Vledder bromde iets onverstaanbaars.
'O ja,' riep De Cock, 'als je toch in Utrecht bent, bel dan eens nummer twee-zeven-een-dubbel twee-acht.'

9

Het was bijna zeven uur.
De Cock had tot één uur in de middag geslapen. Daarna had hij zich rustig aangekleed en was een wandelingetje gaan maken met zijn trouwe hond, een sombere bokser met een van zorgen doorploegde snuit, die zijn baas, wanneer hij thuis was, als zijn persoonlijk eigendom beschouwde. Er waren mensen die zeiden dat de bokser op zijn baas leek en omgekeerd. Die mensen hadden gelijk, er was een onmiskenbare overeenkomst.
De rest van de middag had De Cock gebruikt om oude processen-verbaal en rapporten over Brets door te lezen. Het was een inspannend karwei geweest. De gedragingen van Jan Johannes Brets hadden veel stof tot ambtelijk geschrijf gegeven. Het was half zeven toen hij eindelijk alles had doorgeworsteld en het dossier dichtklapte. En nu was hij weer op het bureau, ruim een uur voor zijn afspraak met Vledder. Hij besloot nog even de buurt in te trekken.
Met de buurt bedoelde De Cock de beruchte Walletjes en directe omgeving, zoals de wilde Zeedijk, de Nieuwmarkt, het Oudekerksplein, kortom, die grachtjes, pleintjes, straatjes en steegjes, die tezamen de rosse buurt van Amsterdam vormen. De Cock kende er zo goed als iedereen en iedereen, nou ja, zo goed als iedereen, kende hem. Hij was niet gevreesd, zoals dat heet, noch berucht, maar hij was eenvoudig aanvaard, als een facet, een wat vreemd facet, omdat hij nu eenmaal de wet of het recht vertegenwoordigde.
Men mocht hem wel. De jongens van de penose en de meisjes van de business behandelden hem met respect. Ze wisten dat hij voorschriften en bepalingen nogal soepel hanteerde en de wet toepaste op een wijze die beslist in strijd moest zijn met alles wat daarover in uitvoerige verhandelingen stond geschreven. En ze hadden gelijk. De Cock was een vrijbuiter, een boekanier onder de rechercheurs.
Met zijn oude vilten hoedje nonchalant achterop zijn hoofd en de ceintuur van zijn regenjas tot een touw verknoedeld om zijn zwaar

bovenlijf slenterde hij langs de oude grachtjes en grijnsde vriendelijk tegen de vele oude bekenden die hij op zijn weg ontmoette.
Op de hoek van de Achterburgwal en de Barndesteeg glipte hij het oude penose-cafeetje binnen. Het werd gedreven door zijn vriend Lowietje, een wat morsige figuur, die wegens zijn tengere gestalte en geringe borstomvang, meest Smalle Lowietje werd genoemd.
Het was een te vroeg uur. Er waren nog niet veel bezoekers. De Cock keek eens rond.
Hij zag dat Annie van Schele Bertus weer eens te veel had gedronken en schatte de hevigheid van de ruzie die daarvan weer het gevolg zou zijn. Hij grinnikte voor zich uit. Het zou wel weer op vechten uitdraaien. Die twee leefden al jaren als kat en hond. Hij slenterde om de bar en hees zich aan het uiteinde wat moeizaam op een kruk. Het was zo zijn vaste plekje. Van hieruit kon hij het hele lokaaltje overzien en had hij een rugdekking tegen alle eventualiteiten.
Smalle Lowietje kwam vriendelijk grijnzend op hem toe.
'Hoe is de misdaad?'
Het was zijn stereotiepe vraag.
'Drie punten gestegen,' bromde De Cock, als gold het een beurskoers.
'Het ligt vast in de markt.'
Lowietje lachte.
'Hetzelfde recept?'
Zonder op antwoord te wachten greep hij onder de tapkast naar de fles Cognac de Napoleon, die hij speciaal voor De Cock gereserveerd hield.
Na het gebruikelijk ceremonieel - Smalle Lowietje dronk altijd één glaasje mee - stak De Cock een sigaret op en blies de rook naar de lage zoldering. Hij zat daar graag op zijn kruk bij de bar, overzag de schare en genoot van de pittige conversatie tussen de meisjes van de vlakte en alle anderen die daar zo omheen scharrelden.
Het was nu stil. Alleen Annie van Schele Bertus zorgde voor wat afleiding. Ze liep waggelend langs de tafeltjes en zong. Het was een droevig lied in puur bargoens; een soort autobiografisch epos dat verhaalde van een onnozel wicht dat haar blanke onschuld

voor een groezelig bankbiljet van een tientje had verkwanseld; dit in een vrije vertaling.
Smalle Lowietje boog zich iets voorover.
'Die dooie in het hotel Het Wapen van Groenland,' fluisterde hij de rechercheur in het oor, 'hebt u daar nog bemoeienissen mee?'
De Cock nipte aan zijn glaasje en knikte nauwelijks merkbaar. Lowietje verschafte hem nog wel eens inlichtingen en het was nu niet direct nodig dat de hele buurt daarvan op de hoogte was.
'Het schijnt een jongen van de vlakte te zijn, heb ik gehoord, uit Utrecht. Er zijn hier jongens uit de buurt die hem hebben gekend.'
'Wie?'
'Jongens, gewoon jongens. Ik denk dat ze hem kenden uit de bajes.'
De Cock knikte grijnzend.
'Heb je,' vroeg hij voorzichtig, 'de laatste paar weken iets vernomen van een heel mooie klapper hier ergens in de stad? Ik bedoel, iets gehoord van plannetjes in die richting?'
Lowietje schudde het smalle hoofd.
'Nee, echt niet, niks van gehoord.'
De Cock keek hem een ogenblikje onderzoekend aan.
'Nee?'
Er trilde een zenuwscheut langs de schonkige wang van Lowietje.
'Moet het dan?'
De Cock glimlachte.
'Nou nee, het moet niet per se. Ik vind het alleen een beetje vreemd.'
'Vreemd?'
De Cock zuchtte.
'Ja Lowie, ik vraag mij namelijk af, waarom zou men voor een mooie klapper speciaal jongens uit Utrecht halen? We hebben in Amsterdam toch zware krakers genoeg.'
Lowietje knikte heftig.
'Zou ik zo denken,' stemde hij in, 'daar hebben we toch waarachtig Utrecht niet voor nodig.' Hij pakte opnieuw de Cognac de Napoleon van onder de tapkast. 'Nog eens inschenken, meneer?'
De Cock knikte peinzend.
'Luister eens Lowietje,' zei hij na een poosje, 'als je voor een karwei in Amsterdam snuitertjes uit Utrecht zoekt, wat betekent

dat?'
Lowietje trok een vies gezicht.
'Dat het stinkt.'
De Cock dronk zijn tweede glaasje leeg en liet zich van de barkruk glijden.
'Beste Lowietje,' sprak hij tot afscheid, 'je hebt gelijk, het stinkt.'
En met deze verhelderende gedachte in het hoofd en twee zacht gloeiende cognacjes in de maag, verliet De Cock het cafeetje van Lowie en ging op weg naar de Warmoesstraat.

Op de hoek van de Lange Niezel en de Warmoesstraat bleef hij staan. Hij keek op zijn horloge. Het was half acht. Hij had ruimschoots de tijd. Maar het was juist de tijd die hem kwelde. Het kwam omdat hij voor zichzelf niet goed wist wat hij moest doen. In zijn hele onderzoek naar de moord op Jan Brets zat geen lijn. Hij begreep er niets van. Daarom wist hij niet waar hij ergens de draad moest opnemen om het mysterie van de dode harlekijn te ontwarren. En die harlekijn had er iets mee te maken. Hij kon zich niet indenken dat de moordenaar zonder enige reden zijn slachtoffer zo had verlegd, dat hij op een harlekijn leek. Dat moest beslist iets betekenen. Maar wat? Hij kon niets zinnigs bedenken. De hele moord was absurd. Het leek alsof een krankzinnige, een dwaas, speciaal voor hem, De Cock, een grap had uitgedacht, een practical joke, zo sinister, dat hij eenvoudig weigerde te geloven dat het een grap was.
Hij schoof zijn oude vilten hoedje nog wat verder naar achteren en keek eens rond. Een dertig meter verder in de Warmoesstraat brandde de blauwe lamp met POLITIE. Hij had geen zin om nu al naar het bureau terug te gaan. Vledder was er toch nog niet.
Langs hem heen schuifelden drommen toeristen. Ze kwamen vanuit de Oudebrugsteeg en schoven de Lange Niezel in. De oude binnenstad van Amsterdam was vooral in de zomer een toeristische attractie. Ze passeerden hem in 'n chaotische spraakverwarring. De Cock keek peinzend toe. Plotseling bedacht hij dat ook Jan Brets drie dagen in Amsterdam had vertoefd, voordat een onbekende hem in zijn hotelkamer neersloeg. Wat had Brets gedaan? Hoe had hij die drie dagen doorgebracht? Wie had hij ontmoet?
De vragen tolden door zijn hoofd. Nog even bleef hij staan, toen

draaide hij zich met een ruk om en ging op zoek naar Handige Henkie.

Handige Henkie was een inbreker die in een berouwvol ogenblik de brede weg van de misdaad had verlaten en nu al enige jaren - zij het wat schoorvoetend - het smalle pad der deugd bewandelde. Aan deze 'bekering' had De Cock een werkzaam aandeel gehad. Als dank, maar meer nog om niet meer in de verleiding te komen, had Henkie hem zijn gehele uitrusting cadeau gedaan. Het was een assortiment vreemdsoortige werktuigen, meest eigen vindingen van Henkie, die de rechercheur eerst na uitgebreide uiteenzettingen had leren hanteren.
Soms, wanneer het nodig was, wanneer hij per se ergens naar binnen wilde, maakte De Cock er een dankbaar gebruik van.

De Cock ademde zwaar. Moeizaam hees hij zijn negentig kilo langs een smal krakend trapje omhoog. Hij hoopte dat Henkie thuis zou zijn. Het idee dat hij voor niets naar de derde etage klom, tastte zijn humeur aan. Hij vroeg zich toch al af of hij niet te impulsief was geweest, of hij Henkie niet beter naar het politiebureau had kunnen laten komen.
Toen zijn ademhaling weer wat op peil was, klopte hij aan en stapte gelijktijdig binnen. Henkie zat heel huiselijk met pantoffels aan bij de televisie. Zijn mond zakte open van verbazing toen hij zag wie zijn bezoeker was. Langs zijn scherpe kaken trilde een zenuwtrek. Hij leek met stomheid geslagen.
De Cock liep naar het TV-toestel en trok rustig de stekker uit het stopcontact. Het beeld van een drukpratende man verduisterde langzaam. De echo van de stem trilde nog wat na.
De rechercheur glimlachte Henkie vriendelijk toe.
'Als ik op visite kom,' zei hij verklarend, 'heb ik een hekel aan televisie. Het leidt zo af.' Hij nam een kleine pauze. 'Ik heb je overigens nog geen goedenavond horen zeggen.'
Henkie slikte.
'Goedenavond, rechercheur.'
De Cock knikte bemoedigend.
'Goedenavond Henkie.'
Hij liet zich in een fauteuiltje zakken, legde zijn oude hoedje naast

zich op de grond, maakte de bovenste knopen van zijn regenjas los en strekte behaaglijk zijn benen. Onderwijl keek hij steels naar Handige Henkie, die wat nerveus aan zijn hemd plukte. De Cock genoot van zijn onrust.
'Ik kreeg zo maar de behoefte je eens op te zoeken,' begon hij opgewekt. 'Ik had je een tijdje niet gezien en ik vroeg mij af . . .'
'Wat vroeg u zich af?'
In de stem van Henkie klonk argwaan.
De Cock gebaarde.
' . . . hoe zou vriend Henkie het maken. Zie je, dat vroeg ik mij af. Ik was gewoon bezorgd.'
Henkie lachte. Het was een vreemd, zenuwachtig lachje. Tegelijk gleed zijn scherpe blik waakzaam langs de gelaatstrekken van De Cock. Hij kende dat gezicht voor hem. Het was hem vertrouwd uit vele gesprekken, verhoren. De diepe rimpels in het voorhoofd, de zware borstelige wenkbrauwen, de vriendelijke grijze ogen, het was er allemaal. Ook de half geamuseerde trek om de mond waardoor je nooit goed wist of hij meende wat hij zei.
'Ik maak het best.'
De Cock grijnsde.
'Ik zie het, je ziet er beter uit dan Jan Brets.'
Het sloeg in. Henkie reageerde fel.
'Dat is een rotopmerking,' riep hij uit. 'Een vieze, gore rotopmerking. Jan Brets is dood. Ik heb het vanavond in de krant gelezen.'
De Cock knikte traag.
'Ja,' zei hij met een zucht, 'Brets is dood. Iemand gaf hem een dreun op zijn hersens.'
Henkie verschoof wat in zijn fauteuil.
'Nou, en wat heb ik daar mee te maken?'
'Dat vraag ik mij juist af.'
Henkie grinnikte vreugdeloos.
'En bent u daarvoor gekomen?
'Ja.'
'U meent het.'
'Ik meen het.'
Ineens schoot Henkie uit zijn fauteuil omhoog. Hij gebaarde wild, als een standwerker. In zijn ogen blonk iets dat op angst leek.
'Maar De Cock,' riep hij vertwijfeld, 'je kent me toch De Cock, je

weet toch hoe ik ben. Moord is niks voor mij. Ik ben zo niet. Ik . . . ik kan nog geen vlieg doodmaken, laat staan een mens.' Hij stotterde van ellende.
De Cock keek hem onbewogen aan.
'Ga weer zitten,' gebood hij, 'ik beweer toch niet dat jij die moord hebt gepleegd.'
Henkie wreef met twee vingers tussen zijn boordje. Hijgend ging hij zitten. Op zijn bleke wangen lagen nog blosjes van opwinding.
'Je laat me schrikken,' zei hij met droge lippen. 'Moord, alsof het niks is.'
De Cock boog zich iets naar voren.
'Jij kende Brets?'
'Ja.'
'Hoe?'
'Uit de bajes. Een paar jaar geleden, toen ik in Haarlem in de koepel zat, heb ik hem ontmoet. Hij kwam tijdens het luchten wel bij mij lopen. Het was een krakertje, een vies mannetje, als je het mij vraagt. Voor alles in.'
'Ook voor moord?'
Henkie knikte.
'Ja, dat bedoel ik. Het was een jongetje dat nergens voor terugdeinsde. Weet je, zonder moraal.'
De Cock wreef met zijn hand langs zijn gezicht.
'En wat moest hij dan van jou?'
'Van mij?'
'Ja.'
'Niks.'
De Cock trok zijn wenkbrauwen een paar centimeter omhoog.
'Hij is toch van de week nog bij je geweest?'
De ogen van Henkie vernauwden zich. Hij dacht snel, vroeg zich af wat De Cock wist; of hij blufte.
'Bij mij?'
'Ja.'
Hij wreef met zijn tong langs zijn droge lippen.
'Jan Brets is niet bij mij geweest.'
De Cock zuchtte omstandig.
'Luister nu eens, Henkie,' zei hij vriendelijk, geduldig. 'Je weet dat ik een zwak voor je heb, maar daar zou ik, als ik jou was, toch

maar niet te veel op rekenen. Kijk, toen wij het lijk van Jan Brets vonden, troffen wij in zijn hotelkamer ook een tas met gereedschap aan en daar waren dingetjes bij, zo uitgekiend, dat alleen een man als Handige Henkie ze kon hebben uitgedacht. Snap je?'
Henkie boog het hoofd.
'Verdomme,' zei hij triest, 'dat jij ook altijd achter mij aan moet zitten.'
De Cock grijnsde.
'Hij was dus hier.'
'Ja.'
'Voor wat?'
Henkie staarde voor zich uit en verviel in een droef zwijgen.
'Ik ben niet opnieuw gevallen,' zei hij na een poosje. 'Als je dat soms denkt?' Het klonk somber. 'Ik heb alleen voor Brets een paar dingetjes gemaakt, gereedschap. En dat mag toch?'
'Middelen om een inbraak te plegen?'
Henkie gebaarde heftig.
'Wat wil je, dat is toch niet strafbaar? Dan kan je morgen waarachtig wel alle gereedschapswinkels sluiten. Breekijzers verkopen ze allemaal.'
De Cock lachte.
'Kwam Jan Brets alleen voor gereedschap?'
'Nee, hij wou dat ik meedeed.'
'Waaraan?'
Henkie trok een grimas.
'Iets groots, zei ie. Een organisatie, een bende, zoals ze dat in Amerika en Engeland doen, met een knappe kop aan het hoofd die alles uitdenkt.'
'Zo?'
'Ja, en ze konden mij er best bij gebruiken, zei ie.' Handige Henkie maakte een verontschuldigend gebaartje. 'Met mijn ervaring, vakkennis en zo.'
De Cock knikte.
'En?'
'Wat en?'
'Heb je je aangesloten?'
Henkie plooide zijn gezicht in verontwaardiging.
'Ik heb u toch gezworen,' zei hij verongelijkt, 'dat ik het niet meer

zou doen. Ik voel er ook geen stuiver meer voor. Ik heb nu een lief baantje in een magazijn. Vast loon.' Hij wees om zich heen. 'Kijk es, heb ik het niet fijn? Mooie spulletjes, een nieuwe TV. Ik heb het met al mijn kraken vroeger nog nooit zo goed gehad.'
De Cock lachte.
'Jan Brets had het dus over een organisatie. Heeft hij je nog meer verteld, bij voorbeeld wie de leider was? Ik neem toch aan dat Brets jou wel vertrouwde?'
Handige Henkie knikte heftig.
'Zeker, dat deed ie. Hij vertrouwde mij. Hij wilde toch dat ik meedeed? Nou, dat is toch een bewijs van vertrouwen. De leider, vertelde hij, was een á contant.'
'Een accountant.' verbeterde De Cock.
'Ja, juist, een accountant, je weet wel, zo'n man die de kas en de boeken van grote zaken controleert. Nou, je begrijpt, zo'n man weet precies hoeveel geld er is en waar. De jongens behoefden het alleen maar weg te halen.' Hij tuitte zijn lippen en in zijn ogen twinkelde een schittering. 'Het klonk heel mooi ja, het klonk ergens heel mooi.'
De Cock keek hem onderzoekend aan.
'Maar Jan Brets is dood,' zei hij hard. 'Zo mooi was het toch ook weer niet.'
Henkie knikte wat dromerig.
'Jan Brets is dood,' herhaalde hij somber. Hij maakte een kruis. 'God hebbe zijn ziel.'
Er viel een stilte.
'Was er al iets geweest,' vroeg De Cock na een poosje. 'Ik bedoel hadden ze al een klapper gemaakt?'
Henkie schudde zijn hoofd.
'De zaak was volgens Jan nog in voorbereiding. Het zou wel gauw gebeuren.'
'Waar?' vroeg De Cock gretig. 'En bij wie?'
Henkie schudde opnieuw het hoofd.
'Dat wilde Jan Brets niet zeggen.'
'Waarom niet?'
Handige Henkie grijnsde.
'Gut, dat is nou niet zo moeilijk te snappen. Ten slotte ben ik een ouwe jongen van de vlakte. Ik mocht eens in mijn hoofd halen om

onder hun duiven te gaan schieten. Dan was de poet al weg, voordat zij er aankwamen.'
Hij grinnikte bij de gedachte.
De Cock wreef met zijn hand langs zijn kin.
'Maar,' viste hij, 'Jan Brets zal je toch wel iets over die klapper hebben verteld? Hij probeerde jou toch voor het plan te winnen.'
Henkie haalde zijn schouders op.
'Niet hoe of wat, als je dat bedoelt. Ze hadden er een naam voor. Een soort codenaam. Dat wel.'
'Een codenaam?'
Henkie knikte.
'Operatie Harlekijn.'
'Wat?'
'Operatie Harlekijn, een gekke naam hè?'
De Cock slikte.

10

Tot zijn niet geringe verbazing vond De Cock in de recherchekamer zijn oude commissaris op hem wachten. De ouwe bemoeide zich bijna nooit met zijn zaken. De Cock kon dan ook op zijn gezicht een uitdrukking van verwondering niet onderdrukken, toen hij hem in gezelschap van Vledder op een stoel voor zijn bureau zag zitten.
'Goedenavond, commissaris.'
De lange, statige politiechef kwam overeind.
'Goedenavond De Cock. Ik hoorde van Vledder dat je hier om acht uur zou zijn.' Hij keek op zijn horloge. 'Het is inmiddels al bijna negen uur. Enfin, ik was toch in de buurt en ik wilde wel eens met je praten over die moord op Brets. Ik heb uiteraard jullie voorlopig rapport gelezen, maar dat is mij te summier. Ik wil meer bijzonderheden. Ik word namelijk voortdurend lastig gevallen door de heren van de pers. Ze hebben er blijkbaar lucht van gekregen dat de ontdekking van de moord op een nogal vreemde wijze heeft plaatsgevonden. En nu zoeken ze er van alles achter.

Ik denk dat die portier van Het Wapen van Groenland heeft gebabbeld.'
Hij richtte zich volledig tot De Cock.
'En dan zou ik verder van jou wel eens willen weten wat je van plan bent ten aanzien van die Pierre Brassel te ondernemen?'
'Niets.'
De commissaris keek hem ongelovig aan.
'Niets?'
'Nee.'
'Maar De Cock,' riep de commissaris verbijsterd, 'Die man, die Brassel, onderhoudt, althans onderhield, min of meer uitgebreide contacten met de moordenaar. Dat is toch wel duidelijk.'
De Cock deed langzaam zijn hoedje af en knoopte de ceintuur van zijn regenjas los. Hij voelde in feite weinig voor een discussie met de commissaris. Het had weinig zin en hield alleen maar op. Hij ging het liefst zijn eigen gang. Maar als ondergeschikte had hij bepaalde verplichtingen.
'Dat is wel duidelijk,' herhaalde hij loom, 'maar zover ik weet is het hebben van contacten met een moordenaar niet strafbaar.'
De commissaris zuchtte.
'Daar gaat het niet om,' zei hij lichtelijk geagiteerd, 'wat ik bedoel is, dat je via die Brassel op de dader had kunnen komen. Ik heb zoëven met Vledder gesproken en ik heb begrepen dat je Brassel zo zonder meer hebt laten vertrekken.'
De Cock haalde zijn schouders op.
'Wat had u dan gedacht?'
'Gedacht, ge-gedacht.' De commissaris stotterde. 'Je had hem kunnen laten schaduwen.'
De Cock grijnsde.
'Het zou zonde zijn geweest van de tijd en de mensen die wij daaraan hadden besteed. Pierre Brassel is niet gek, althans niet zo gek als zijn briefje doet vermoeden. Het hele plan is er op gericht om de ware moordenaar buiten schot te houden. Brassel treedt vrijwillig op de voorgrond. Opzettelijk. Het is juist zijn doel om alle aandacht op zich te vestigen. Het is een afleidingsmanoeuvre. Men behoeft werkelijk geen helderziende te zijn om dat te onderkennen.'
De commissaris slikte.

'Dat laatste was geen prettige opmerking, De Cock,' zei hij streng.
De Cock boog beschaamd het hoofd.
'Sorry, meneer,' zei hij wat timide, 'het was echt niet hatelijk bedoeld. Ik wilde alleen maar duidelijk maken dat het schaduwen van Pierre Brassel weinig zin heeft.'
De commissaris zuchtte diep.
'Goed,' zei hij gelaten, 'goed. Ik laat het verder maar aan jou over. In ieder geval wil ik morgenochtend een uitvoerig rapport op mijn bureau. Je weet zelf hoe lastig de jongens van de pers kunnen zijn en ik weet graag tot hoever ik met mijn mededelingen kan gaan. Ten slotte wil ik niet dat jouw onderzoek door vroegtijdige publicaties wordt bemoeilijkt.'
'Dank u,' zei De Cock.
De commissaris groette uiterst beleefd en vriendelijk en verliet waardig de recherchekamer. De commissaris was een heer en dat bleef hij onder alle omstandigheden, zelfs te midden van wat onwillig personeel. Toen hij weg was, zuchtte Vledder.
'Ik kon er echt niets aan doen,' zei hij verontschuldigend, 'echt niet. Toen ik om acht uur het bureau binnenstapte, kwam ik de commissaris in de gang tegen. Ik moest onmiddellijk mee naar zijn kamer. Hij vroeg mij van alles en nog wat en was hevig geïnteresseerd in die Pierre Brassel.'
De Cock knikte.
'Volkomen begrijpelijk,' zei hij. 'Het is ook een wat vreemde geschiedenis. Bovendien is hij de chef. Hij heeft het volste recht alles te weten.'
Hij pauzeerde even.
'Nu wat anders; hoe is het gegaan in Utrecht?'
De jonge Vledder schudde bedroefd het hoofd.
'Ik geloof niet,' zei hij somber, 'dat mijn reis een succes is geweest.'
De Cock keek hem geamuseerd aan.
'Hoezo geen succes?'
Vledder produceerde een bedroefd lachje.
'Ik heb uren achter Dikke Toon en zijn Marie aangelopen. Het was gewoon een kwelling. Hij week geen duimbreed van haar zijde. Gelukkig is die Dikke Toon niet snugger, anders had hij mij al lang opgemerkt.'

Hij staarde peinzend voor zich uit.
'Het vreemde was dat die Marie mij vrijwel onmiddellijk in de gaten had, maar Dikke Toon niet waarschuwde. Ten minste, daar heb ik niets van gemerkt. Zie je, dat was ook de reden waarom ik besloot haar een briefje te geven.'
De Cock fronste zijn wenkbrauwen.
'Een briefje?'
'Ja, dat was in een cafeetje ergens op de Oude Gracht. Ik schreef haar een verzoekje om vanavond, zonder Toon, naar de Warmoesstraat te komen. Toen Dikke Toon even naar het toilet was, heb ik het haar gegeven.'
Hij maakte een hulpeloos gebaartje.
'Ik weet, dat het een gok is. Ik heb mij dat heel goed gerealiseerd. Als ze het briefje aan Toon laat zien, is alles stuk. Ik heb het er eenvoudig op gewaagd.'
De Cock knikte hem bemoedigend toe.
'Het was in de gegeven omstandigheden het beste wat je doen kon. We zullen maar rustig afwachten. Bezit je ziel in lijdzaamheid.'
'Wat?'
De Cock glimlachte.
'Bezit je ziel in lijdzaamheid, dat zei mijn moeder altijd. Het is een spreekwoord dat het tegenwoordig niet erg best meer doet. Het is misschien wat verouderd.' Hij krabde zich achterin de nek.
'O ja, hoe was het met twee-zeven-een-dubbel twee-acht?'
'Niks, ik kreeg geen gehoor. Ik heb het wel driemaal geprobeerd.'
De Cock knikte.
'We moeten morgen aan de centrale in Utrecht maar eens vragen aan wie dat nummer is afgegeven. Misschien dat we op die manier . . .'
Op dat moment rinkelde de telefoon.
De Cock nam de hoorn op. Het was de wachtcommandant.
'Hier beneden aan de balie is een dame voor je,' klonk de stem van brigadier Bijstermans. 'Het is ene Marie Zijllmakers.'
'Is ze alleen?'
'Ja.'
De Cock knipoogde tegen Vledder.
'Mooi, laat Marie dan maar bovenkomen.'

Na een bescheiden klopje dreunde Marie kordaat de recherchekamer binnen. Voor haar fragiele avondschoentjes met hoge naaldhakken was haar stap te nadrukkelijk, te weinig elegant, waardoor haar gang een wat komisch effect kreeg. Ze stevende op De Cock af.
'Ik moest komen?'
Ze was toch niet zo klein als de indruk die zij had gewekt in het bed, naast het enorme dijbeen van Dikke Toon. Ze had op de keper beschouwd zelfs een aantrekkelijk figuurtje. En dat wist ze. Haar beige mantel sloot strak, te strak om haar lichaam. Een enorme bontkraag bedekte het onderste gedeelte van haar gezicht. Haar nog hijgende ademhaling had in de lange bontharen een visuele begeleiding; als een zwoele wind in een wuivend korenveld. Ze nam uit haar rechterhandschoen het verfrommelde verzoekbriefje van Vledder en legde het op het bureau.
'Nou,' zei ze wat uitdagend, 'hier ben ik dan.'
De Cock schonk haar zijn liefste glimlach.
'Mijn naam is De Cock,' zei hij innemend. 'De Cock met ceeooceekaa. En dat is mijn collega Vledder. Ik herinner mij niet dat wij ons gisteravond aan u hebben voorgesteld.' Hij stak haar glimlachend een hand toe.
Ze haakte onmiddellijk in.
'En ik ben Marie Zijllmakers.'
'Hoe jong?'
Ze kirde als een schoolmeisje.
'Schat eens?'
'Twintig,' loog De Cock.
Ze wiebelde wat heen en weer.
'Doe er maar vijf bij.'
De Cock plooide zijn gezicht in bewonderende verbazing en wees naar een stoel naast zijn bureau.
'Gaat u zitten,' zei hij wat plechtig, 'wij willen eens ernstig met u praten. Vandaar dat briefje. Ziet u, mijn collega en ik hadden gisteren al de indruk dat u een verstandige jonge vrouw was en dat u het niet bepaald prettig zou vinden wanneer uw vriend Toon in moeilijkheden zou geraken, of misschien nog erger. U weet wat er uiteindelijk met Jan Brets is gebeurd. En het is niet geheel ondenkbaar dat ook Toon . . .' Hij maakte zijn zin niet af en

peilde haar reactie.
Marie schoof haar bontkraag wat verder open. Haar felgroene ogen tastten de gelaatstrekken van de oude rechercheur af. Ze schatte de waarde die zij aan de woorden van De Cock moest hechten. Ze wist het niet precies. Inwendig voerde ze een heftige strijd. Het kostte haar moeite een haast ingeboren argwaan tegen politie en alles wat daarmee samenhing te overwinnen. De vriendelijke, bijna vaderlijke uitdrukking van het gezicht voor haar schonk wel vertrouwen.
De Cock zag de strijd.
'Weet Toon dat je hier bent?'
'Nee.'
'Je hebt hem ook dat briefje niet laten zien?'
'Nee.'
'Waarom niet?'
Ze antwoordde niet direct. Ze verschoof iets op haar stoel en trok haar rokje dichter naar de knie.
'Toon is een koei.'
'Een koe.'
Ze vatte De Cocks taalkundige verbetering niet.
'Een koei, ja,' riep ze plotseling fel, 'een grote dikke stomme koei. En vraag mij niet hoe het kan, maar ik hou van die vleesberg.' Ze pauzeerde even. 'Is dat een schande?'
De Cock schudde traag het hoofd.
'Ieder mens,' zei hij ernstig, 'heeft recht op liefde.'
Ze knikte instemmend.
'Zo is het precies. Geloof me, d'r zit een goed hart in die jongen. Hij is een sul.' Ze glimlachte vertederd. 'Een grote goeie sul. Dat is ie. D'r zit geen kwaad bij.'
Haar gezicht kreeg een blijde uitdrukking.
'Het is een schat, een kind nog.'
De Cock zuchtte.
'Als je nog even doorgaat,' zei hij laconiek, 'dan ga ik mij afvragen waarom dat cherubijntje van jou ooit naar deze aardse dreven is afgedwaald.'
Ze keek hem niet-begrijpend aan.
'Wat?'
De Cock grijnsde.

'Ik bedoel, laten we de zaak niet overdrijven. Zo lief is jouw Toon nu ook weer niet. Ten slotte was en is hij misschien nog lid van een bende. En dat niet uit puur menselijke overwegingen.'
Haar groene ogen schoten vuur.
'Dat komt door Jan Brets, die viezerik, die jutte hem steeds weer op. Brets kwam met mooie praatjes over grote klappers met veel geld en Toon luisterde met rooie oortjes. Zie je, Toon kan zelf niet denken. Hij is altijd blij wanneer een ander dat voor hem doet. Nou, Jan Brets was de man die voor hem dacht . . .'
Ze klemde haar lippen op elkaar. Het duurde een poosje voordat ze verder ging.
'Jan Brets met zijn geintjes en grollen, hij is dood, iemand is mij voor geweest, geloof me, anders had hij vandaag of morgen van mij een beetje rattenkruit op zijn boterham gekregen.' Ze nam een sigaret uit haar tasje en stak haar op. Haar vingers trilden. Ze blies de rook omhoog.
'Het is natuurlijk dom,' zei ze haast toonloos, 'om zo iets aan de recherche te vertellen. Maar het is maar dat je weet hoe ik over Jan Brets denk.'
De Cock knikte.
'Dat is mij volkomen duidelijk,' zei hij laconiek.
'Wanneer hoorde je voor het eerst van die accountant?'
Ze kauwde peinzend op haar onderlip.
'Dat was een dag of veertien geleden. Hij noemde toen ook zijn naam, Brassel. Verder had hij het steeds over zijn goudmijntje.'
'Goudmijntje?'
Ze knikte.
'Daarmee bedoelde Jan Brets die accountant. Kijk,' legde ze uit, 'zo'n accountant komt in al die grote zaken en weet precies waar het geld is geborgen en hoeveel. Hij zou tippen en dan zou Jan met een ploeggie jongens, waaronder mijn Toon, de poen weghalen.'
'Een mooi plannetje.'
'Ja, meneer, daarom is mijn Toon er ook op afgevlogen.'
De Cock knikte.
'Hoe vaak heb je die Brassel ontmoet?'
Ze legde al denkende een vinger op haar neus.
'Eén keer. Een goeie week geleden. Op een avond. Brets nam hem

mee naar het huis van Toon. Voor besprekingen.'
'En was jij daarbij?'
'Ja.'
'Jij weet dus wat er is besproken?'
'Ja.'
De Cock stond langzaam van zijn stoel op en begon door de kamer te stappen. Hij wilde haar even tijd geven om zich goed te realiseren wat ze deed. De ervaring had hem geleerd dat het in dergelijke situaties niet goed was de mensen te overrompelen, zodat ze achteraf spijt hadden van hetgeen ze hadden gezegd. Hij ging achter haar staan. 'Je weet dat Toon ons niet wilde vertellen waar die eerste inbraak zou plaatsvinden.'
'Dat weet ik.'
'En,' ging De Cock kalm verder, 'als Toon erachter komt dat je hier, bij de recherche bent geweest en hebt gekletst, dan kan je daar later een hele hoop narigheid mee krijgen.'
Ze knikte nauwelijks merkbaar.
De Cock zuchtte diep.
'Goed dan, Marie, wat betekende Operatie Harlekijn?'
Ze draaide zich op haar stoel om.
'Krijgt Toon er echt geen last mee. Zie je, ik doe het voor hem hoor.'
De Cock keek haar strak aan.
'Er is toch nog niets gebeurd?'
Ze frommelde wat nerveus aan een verknoedelde handschoen op haar schoot.
'Nee meneer,' zei ze hoofdschuddend, 'er is nog niets gebeurd, nog niet. Maar geloof me, meneer, ik heb al die tijd mijn hart vastgehouden. Ziet u, Jan Brets had het gedaan. Ik bezweer het u. Hij zou die ouwe nachtwaker met de hockeystok hebben neergeslagen.'

11

De Cock kon een uitroep van verbazing niet onderdrukken.
'Wat,' riep hij, 'een hockeystick?'
Marie Zijllmakers knikte gelaten.
'Daar zou het mee gebeuren, ja, met een hockeystick. Het was een idee van Brassel. Volgens hem viel het niet op wanneer je 's avonds met een hockeystick over straat liep. Dat zag je wel meer. Vooral op zondag.'
De Cock wreef met de rug van zijn hand langs zijn dikke lippen. De onthullingen van de jonge vrouw verwarden hem. Het leek alsof de nevelige sluier die rond het mysterie van de dode harlekijn hing, zich steeds verder uitbreidde; ondoorzichtig als een Londense mist. Jan Brets die een oude nachtwaker met een hockeystick zou neerslaan, werd met een hockeystick gedood; een lugubere bijzonderheid. Toeval? Het was haast beangstigend dat telkens uit de mist, als een kwade schim, de figuur van Pierre Brassel naar voren trad.
Hij ging weer achter zijn bureau zitten en plukte nadenkend aan zijn onderlip.
'Als ik goed naar je heb geluisterd,' zei hij na een poosje, 'dan zou Operatie Harlekijn dus op een zondag worden uitgevoerd en betrof het een zaak, waar 's nachts een oude man de wacht hield.'
'Ja.'
'Mooi, en welke zaak was dat?'
Ze maakte een wat hulpeloos gebaartje.
'Ik weet niet of ik het wel goed heb onthouden,' zei ze aarzelend. 'Ziet u, zo goed heb ik niet opgelet. Het was een firma Van Brunssum, of zo iets, in de Spuistraat, ja, het was in de Spuistraat, ergens op de hoek van een steeg. Kan dat?'
De Cock knikte.
'Dat kan, zeker, dat kan. Ik geloof ook, dat ik wel weet welke firma men op het oog had. De naam Van Brunssum is goed.'
Ze zuchtte opgelucht.
'Ik was al bang dat ik het had vergeten.'
De Cock glimlachte.

'Heb je nog gehoord op welke zondag het zou gebeuren?'
Ze gebaarde naar de kalender aan de muur.
'Nu, aanstaande zondag. Jan was al naar Amsterdam gegaan om de situatie buiten het pand goed op te nemen. Over de situatie binnen zou Brassel hem nog inlichtingen verschaffen.'
'Weet je waaruit de buit zou bestaan?'
'Nee.'
'Weet je of er buiten Toon en Jan Brets nog anderen aan de operatie zouden meedoen?'
Ze glimlachte vermoeid.
'Nee, ik weet echt niets meer.'
Het klonk als een verontschuldiging.
De Cock legde in een vertrouwelijk gebaar zijn hand op haar arm.
'Marie,' zei hij vriendelijk, 'geloof me, je hebt ons fantastisch geholpen.'
Op haar gezicht verscheen een zorgelijke trek.
'En Toon? Wat doet u nu met Toon?'
De Cock trok zijn wenkbrauwen op en glimlachte.
'Ik,' zei hij met een hand op zijn borst, 'ik doe niets met Toon. Ik zal ervoor zorgen dat er van die kraak bij Van Brunssum niets komt. Dat is alles.' Hij stak zijn dikke wijsvinger omhoog. 'Maar,' zei hij dwingend, 'jij gaat terug naar Utrecht en jij doet wat met Toon. Je hebt het zelf gezegd, Toon is blij als er een ander voor hem denkt. Wel, Jan Brets is dood.'
Het duurde even. Toen kwam in haar groene ogen een vonk van begrip. Langzaam verdween de zorgelijke trek op haar gezicht dat ontspande in een bevrijdende lach.
'Verdomme ja,' riep ze fel, 'van nu af denk ik. Nou, daar kun je donder op zeggen.'
'Donder,' zei De Cock laconiek.
Toen Marie was vertrokken, greep De Cock de telefoon en belde de wachtcommandant.
'Laat van nu af tot maandag 's avonds en 's nachts het pand van de firma Van Brunssum in de Spuistraat extra bewaken, wil je. Ik denk niet dat er iets zal gebeuren, maar ik wil geen enkel risico lopen. Er bestaat namelijk een plannetje om het pand binnen te dringen en de oude nachtwaker, als hij in de weg loopt, neer te slaan.'

'Ik zal er een paar mannetjes voor uittrekken.'
'Dank je.'
De Cock legde de hoorn neer. Vledder was naast hem komen staan, een vel papier in de hand.
'Ik heb hier,' zei hij zakelijk, 'een samenvatting of eigenlijk meer een conclusie, opgemaakt aan de hand van hetgeen we tot nu toe weten, uiteraard met inbegrip van het verhaal van Marie Zijllmakers.'
De Cock knikte peinzend.
'Die Marie,' zei hij met een zucht. 'Ik hoop voor haar dat ze Dikke Toon onder de duim kan houden. Ze schijnt werkelijk van die vent te houden.'
'Mag ik,' onderbrak Vledder ongeduldig, 'mag ik even mijn samenvatting . . .'
'Ja, ja.'
De Cock leek nog steeds wat afwezig.
Vledder schraapte zijn keel.
'Wel,' begon hij, 'Pierre Brassel, gerenommeerd accountant, weet uit de aard van zijn vertrouwelijk beroep dat bij de firma Van Brunssum in de Spuistraat, vermoedelijk in de brandkast, een groot bedrag aan contanten ligt. Wat doet hij? Hij gaat naar Utrecht, zoekt daar contact met Jan Johannes Brets, een bekend inbreker, en doet hem het voorstel de brandkast 't.z.t.' ofte wel, te zijner tijd leeg te halen . . .'
' . . . en Jan Brets,' vulde De Cock aan, 'had daar wel oren naar, vond het zelfs een uitstekend idee en voelde zich ten zeerste gevleid dat die fijne heer Brassel uit al de bekende onderwereldfiguren juist hem had uitgezocht om dat karweitje - inclusief het neerslaan van de oude nachtwaker - op te knappen. Jan Brets gaat onmiddellijk in zijn kennissenkring op zoek naar medewerkers en vindt uiteindelijk Dikke Toon, wie het avontuur wel lokt, bereid om mee te doen. Samen wachten ze op nadere orders van het 'brein' Brassel . . .'
' . . . en Brassel,' ging Vledder verder, 'geeft Jan Brets de opdracht zijn intrek te nemen in het hotel Het Wapen van Groenland in Amsterdam, waar hij wat dichter bij de hand is en vanwaar hij op zijn gemak eens poolshoogte kan nemen van de uiterlijke weerbaarheid van het binnen te dringen pand. En hoewel de

zaak nog niet geheel is beklonken, wordt de operatie voorlopig gesteld op zondag aanstaande.'
De Cock gebaarde weids.
'Welaan,' zei hij misleidend opgewekt, 'dat is het dan. Het is allemaal volkomen logisch. Gewoon een misdadig plannetje om de firma Van Brunssum in de Spuistraat van wat contanten te beroven.'
Vledder schudde krachtig het hoofd.
'Het is helemaal niet logisch,' zei hij mistroostig, 'helemaal niet. Want zie je, nog *voor* het tot een inbraak komt, schrijft Pierre Brassel jou een idioot briefje en laat hij Brets - die toch de operatie moest uitvoeren - heel rustig in zijn hotelkamer vermoorden.' Hij snoof. 'Kijk De Cock, dat is volgens mij volkomen *onlogisch.*'
De Cock knikte.
'Inderdaad Dick,' zei hij vriendelijk, 'je hebt inderdaad gelijk. Dat zou alles bij elkaar ook volkomen onlogisch zijn als . . .' Hij maakte zijn zin niet af en woelde met zijn dikke vingers door zijn stugge haar.
Vledder keek hem verwonderd aan.
'Als wat?'
De Cock stond zuchtend van zijn stoel op en legde vertrouwelijk een hand op de stevige schouders van zijn leerling.
'Ik heb je al meer gezegd,' zei hij licht vermanend, 'wees voorzichtig met intelligente mensen. De denkpatronen die wij ontwerpen, hebben zij allang voorzien.'
'Je bedoelt?'
De Cock schudde zijn hoofd.
'Ik bedoel niets; in ieder geval niet meer dan ik zeg. Wees voorzichtig en trek geen voorbarige conclusies. Laat je door de schijn niet misleiden. Dat wat het meest voor de hand ligt, behoeft niet altijd het juiste te zijn.'
'Hoezo?'
De Cock maakte een wat wrevelig gebaartje.
'Laten we er vanavond maar niet meer over praten,' zei hij kriegel. 'Ik stel voor dat we eerst maar weer eens een paar uur gaan slapen. Ik weet niet hoe het met jou is gesteld, maar ik voel mij zo moe als een hond.'

Hij dacht even na.
'Het lijkt mij het beste dat jij morgenochtend naar die firma Van Brunssum in de Spuistraat gaat. Je rust niet eerder voor je de directeur in hoogsteigen persoon te spreken hebt gekregen en dan informeer je tactvol hoe het met de inhoud van de brandkast is gesteld. Eventueel geef je hem het vriendelijke advies om van accountant te veranderen. We zien elkaar dan weer hier in de recherchekamer om, laten we zeggen, twaalf uur precies. Zorg er dan tevens voor dat je die oude nachtwaker bij je hebt.'
'De nachtwaker van Van Brunssum?'
'Ja, ik wil met hem praten.'
'Waarom?'
De Cock wond zich zichtbaar op.
'Omdat,' riep hij kwaad, 'ik er nog geen bliksem van snap.'
Ze trokken hun jassen aan en liepen via de lange gang naar de wenteltrap. De Cock voelde dat zijn voeten weer pijnlijk begonnen te steken. Het was een slecht teken, wist hij. Zijn voeten deden alleen pijn wanneer de zaken niet naar wens verliepen.
Hij strompelde wat moeizaam de trappen af. De jonge Vledder was hem al gauw een trap voor. Buiten, voor het bureau, riep De Cock hem terug.
'Als je straks,' zei hij zo nonchalant mogelijk, 'voor je gaat slapen nog een paar minuutjes over hebt . . .'
'Wat dan?'
'Denk dan eens na over een interessante vraag.'
Vledder keek zijn oude leermeester wat verstrooid aan.
'Vraag?'
De Cock knikte.
Waarom werd Jan Brets vermoord?'

De Cock slenterde wat verloren door het oude Utrecht. Hij voelde zich niet op zijn gemak. Hij hield er niet van zijn eigen stad te verlaten. Hij opereerde nu eenmaal het liefst in Amsterdam, waar hij elke straat en elk steegje kende. Utrecht was hem vreemd. Hij keek om zich heen. De Oude Gracht, vond hij, was niet te vergelijken met welke gracht ook in Amsterdam. De bruggen vrij hoog boven het water, de lage keldertjes aan de rand; het was haast onhollands.

Met zijn oude vilten hoedje nonchalant achterop zijn hoofd, zijn regenjas over zijn arm geslagen, liep hij traag voort, steeds turend naar de naambordjes op de hoeken van de dwarsstraten.
Via de Oude Gracht kwam men bij de Domtoren en bij de Domtoren was de Servetstraat. Een vriendelijke juffrouw van de telefooncentrale had hem dat verteld. En in die Servetstraat woonde ene Cynthia van Woerden en die had telefoon, abonneenummer twee-zeven-één-dubbel twee-acht. Hij vroeg zich af wat voor een meisje of vrouw die Cynthia zou zijn en waarom Jan Brets haar vrij kort voor zijn dood vanuit Het Wapen van Groenland nog tweemaal had gebeld. Was het zijn liefje? De Servetstraat bleek een smal druk straatje in de schaduw van een alom dominerende Domtoren. De Cock schoof voorbij een rij oude winkeltjes en bleef uiteindelijk staan voor een deur met een rood plastic schild met witte letters; '*Cynthia van Woerden,*' las hij, '*fotomodel*'. Hij wreef met de rug van zijn hand langs het puntje van zijn neus en belde aan.
Er kwam geen reactie op zijn bellen. Niemand deed open. Hij keek omhoog naar de torenklok. Het was vijf voor half tien; te vroeg voor een fotomodel? Hoe laat gingen die kinderen gewoonlijk naar bed? Hij legde opnieuw zijn vinger op de bel en hield hem daar ongegeneerd lang. Na een tijdje legde hij zijn oor tegen de deur en luisterde. Flauw drong het geluid van een elektrische schel tot hem door. Verder bleef alles stil.
De Cock keek voorzichtig om zich heen. De mensen in de Servetstraat hadden het druk zag hij; te druk om acht te slaan op een wat gezette vijftiger met een vriendelijk plooiengezicht en een bespottelijk hoedje, die onophoudelijk op een bel drukte.
Hij zocht in de zak van zijn colbertje naar een apparaatje, dat eens tot de uitrusting van vriend Handige Henkie had behoord. Het was een koperen houdertje, zo groot als een zakmes, met een aantal uitschuifbare, oneindig gevarieerde stalen pennetjes. De Cock was er erg handig mee. Onder een neerhangende slip van zijn regenjas tastten zijn gevoelige vingers het slot af. Het duurde niet lang. Binnen twee minuten had hij de deur open. Zachtjes piepten de scharnieren toen hij naar binnen ging.
Nadat hij de buitendeur behoedzaam achter zich had gesloten, bleef hij een poosje staan en luisterde. Er was geen gerucht. Ook

het piepen van de deur had binnen geen reacties opgewekt. Voorzichtig, balancerend op zijn tenen, sloop hij de lange gang in. Het was opmerkelijk hoe geruisloos, haast zwevend, hij zijn zware lichaam verplaatste. Het scheen hekserij, zo gewichtloos leek De Cock. Gevolggevend aan een impuls, ging hij aan de eerste deur voorbij en bleef staan bij de tweede. Hij voelde zachtjes aan de kruk. Zij gaf mee. De deur was niet afgesloten. Met zijn hand aan de kruk realiseerde hij zich plotseling hoe Jan Brets was gestorven. Het was een snelle dood geweest. Het moest zijn gebeurd kort nadat Brets argeloos de deur van zijn hotelkamer was binnengestapt. Want achter die deur stond een man, een onbekende man met een verzwaarde hockeystick. De Cock grijnsde voor zich uit. Mogelijk bevond hij zich nu in een zelfde situatie. Hij was alleen niet zo argeloos als Jan Brets. Hij deed behoedzaam een stapje achteruit, drukte met de toppen van zijn vingers de kruk omlaag en gaf toen de deur met zijn voeten een zetje. Het ging te hard. De deur vloog wagenwijd open en klapte ergens tegenaan. De Cock hield iedere vezel van zijn spieren gespannen. Maar er gebeurde niets. Door de open deur keek hij in een schemerig duister, zonder vorm, zonder kleur. Een zwoele wolk van parfum walmde op hem af. Dat was alles.

Langzaam raakten zijn ogen aan het duister gewend. De kamer waarin hij keek, kreeg afmetingen, inhoud. In het midden ontwaarde hij een groot, breed bed met een schuinoplopende luifel van zacht doorschijnende tule dat wijd plooiend langs de bedranden neerhing. Het was een droom, een symphonie in fondantachtig rose.

Weifelend, waakzaam, stapte De Cock de slaapkamer binnen. Vrijwel onmiddellijk onderging hij de haast tastbare aanwezigheid van een vrouw. De hem omringende geur tintelde op zijn huid, prikkelde zijn zinnen. Hij liep naar het bed dat niet was opgemaakt en legde zijn hand op het kussen. Het voelde warm aan. Nog maar kort tevoren had iemand voor langere tijd op dit bed gelegen.

Het verhoogde zijn waakzaamheid. De man of vrouw die het bed had beslapen, kon niet ver weg zijn. Zijn scherpe blik dwaalde door de slaapkamer. Hij zag nergens een plek waar iemand zich redelijkerwijze kon verbergen. Nergens?

Plotseling deed hij een paar stappen terug en glimlachte. 'Ik zou maar onder het bed vandaan komen,' riep hij vriendelijk. 'Het ligt ongemakkelijk. Bovendien is het daar in de regel wat stoffig.'
Het duurde enige seconden. Toen schoof van onder de volant een blond vrouwenhoofd met een verwarde kruin. Het hoofd draaide. De blik gleed langs de platte schoenen van de rechercheur omhoog. De Cock zag geamuseerd hoe de verbazing op het gezicht langzaam toenam.
'Hoe komt u binnen, wie bent u, waar komt u vandaan?'
De Cock lachte.
'Dat zijn drie vragen in een. Ik beantwoord nooit meer dan één vraag tegelijk.'
Ze bleef hem van de grond af aanstaren.
'Wat doet u hier?'
De Cock antwoordde niet direct. Zijn geest hield zich ergens mee bezig. Hij vroeg zich met name af in welk een vreemd perspectief zij hem nu zag. Hij moest voor haar zo een koddig beeld vormen.
'Als u eens,' stelde hij voor, 'van onder het bed vandaan kwam, dan konden wij de conversatie op een wat gelijker niveau voortzetten. Dit praat wat vermoeiend.'
Ze zuchtte hoorbaar.
'Dan moet u wel even weggaan. Ik ben niet gekleed.'
De Cock beoordeelde de situatie.
'Zeg maar waar uw kleren liggen. Ik reik ze u aan en dan draai ik mij wel even om.'
Hij zag haar aarzeling.
'Ik geef u mijn *woord*,' zei hij met innemend geduld. 'Geloof me, voor mannen van mijn leeftijd heeft dat nog enige betekenis.'
Ze strekte een slanke arm en wees naar een korte bank naast de kaptafel.
'Mijn badjas.'
De Cock pakte het verlangde kledingstuk en wierp het haar toe. Daarna draaide hij zich discreet om.
Na een paar seconden liep ze hem ruggelings voorbij op blote voeten; een knap jong vrouwtje dat niet verder reikte dan zijn schouders.
'Gaat u mee naar de kamer?'
Haar stem was vrij van accenten.

Ze liep voor hem uit de gang in. De Cock volgde gedwee. Onderwijl bewonderde hij haar fraaie lijn. Hoewel fragiel, was ze niet zo broodmager als fotomodellen plegen te zijn, integendeel, haar figuurtje was plezierig gevuld.
In de kamer waar ze hem bracht, drong het daglicht bijna ongehinderd binnen. Voor de beide ramen hing alleen een ragfijne vitrage die het interieur voor blikken van buitenaf beschermde. De inrichting was modern en getuigde van smaak. Aan de wanden hingen grillige kleurencomposities van moderne schilders. Het gaf aan de kamer een fleurig aanzien.
Cynthia van Woerden nestelde zich behaaglijk als een poes in een soort hangmat op poten en wenkte De Cock naar een brede bank zonder leuning. Ze voelde zich blijkbaar weer volkomen op haar gemak. De Cock keek haar onderzoekend aan, zocht op haar gezicht naar tekenen van verval. Ze waren er niet. Het daglicht deed geen afbreuk aan haar schoonheid.
'Hoe bent u binnengekomen?'
'Ik heb gebeld,' ontweek De Cock.
Ze knikte.
'Dat heb ik gehoord. U bent, hoe zal ik dat zeggen, nogal vasthoudend van aard.'
'Toen u niet opendeed, ben ik maar naar binnen gegaan. De buitendeur,' loog hij, 'de buitendeur was niet op slot.'
Hij negeerde haar verwonderde blikken.
'Misschien is het beter dat ik mij aan u voorstel. Mijn naam is De Cock, De Cock met ceeooceekaa. Ik ben rechercheur van politie in Amsterdam en beroepshalve belast met het onderzoek naar de dood van Jan Brets.'
Hij zag dat ze schrok. Ze liet onmiddellijk haar verleidelijke pose varen.
'Recherche?'
Haar mondhoeken trilden. Ze stond van haar hangmat op en griste een pakje sigaretten van een tafeltje. In een reeks zenuwachtige gebaartjes stak ze er een op. Ze scheen ineens haar zelfbeheersing kwijt te raken.
'Wat wilt u van mij?'
Haar stem had een angstige ondertoon.
'Niet meer dan een paar inlichtingen,' zei De Cock, 'bij voorbeeld

over uw verhouding met het slachtoffer.'
'Er was geen sprake van een verhouding.'
'Zegt u maar hoe ik het noemen moet?'
'Wat?'
'Uw relatie tot Brets.'
Ze ging weer tegenover hem in de hangmat zitten. Heel kuis met de badjas tot over haar knieën.
'Wij waren vrienden.'
De Cock knikte.
'Goed,' zei hij gelaten, 'u en Jan Brets waren vrienden. Heel mooi. Ik kan er dus van uitgaan dat u nu treurt om zijn dood, niet waar? Dat is toch gebruikelijk . . . onder vrienden.'
Ze keek hem aan, peilde of hij schertste. Maar op het gezicht voor haar was geen spoor van onoprechtheid te vinden.
'Zo hecht,' zei ze weifelend, 'was onze vriendschap nu ook weer niet.'
'Toch heeft hij u kort voor zijn dood nog tweemaal gebeld.'
'Ja.'
'Waarover?'
Haar mondhoeken begonnen weer te trillen.
'Het waren gewone gesprekjes, niets bijzonders.'
De Cock klemde zijn lippen op elkaar. Hij voelde weinig voor een lang en moeizaam verhoor. Hij had weinig tijd. Om twaalf uur moest hij weer terug zijn in Amsterdam.
'Luister eens,' zei hij scherp, 'ik ben in het algemeen niet zo geïnteresseerd in gesprekken tussen jongemannen en jonge vrouwen. Maar Jan Brets is dood, vermoord, iemand sloeg hem zijn hersens in en ik wil weten wie en waarom, juffrouw Cynthia. Bovendien zoek ik nog een verklaring voor uw, laten we zeggen, hoogst komische optreden van zoëven onder het bed.'
Ze antwoordde niet en liet het hoofd zakken. Plotseling zag De Cock dat ze huilde. Een paar tranen drupten op de handen in haar schoot. De Cock bedwong een neiging om op te staan en een beschermende arm om haar schouders te leggen. Hij had het graag gedaan. Maar hij bleef zitten, uiterlijk onbewogen. Hij had haar in korte tijd in snel wisselende stemmingen gezien. Het maakte hem achterdochtig. Hij wachtte geduldig tot haar tranen waren opgedroogd. Toen ze weer opkeek, zag hij dat ze werkelijk had

gehuild. Hij liet haar rustig begaan, wachtte tot ze uit zichzelf begon te spreken.
'Ik ben bang, rechercheur,' zei ze na een poosje. 'Ik geloof dat ik er het beste aan doe u alles eerlijk te vertellen. Echt, ik ben doodsbang, bang voor mijn leven. Toen u zoëven de deur van mijn slaapkamer opendeed en binnenkwam, dacht ik dat mijn laatste uur had geslagen.'
Ze sprak kalm, zonder emotie. Ze was haar pose kwijt. Haar grote blauwe ogen stonden ernstig.
'Kroop je daarom onder het bed?'
Ze knikte.
'Ik dacht, dat *hij* het was.'
'Wie?'
'Freddy, Freddy van Blaakeren.'
De Cock haalde niet begrijpend zijn schouders op.
'Die ken ik niet, wie is Freddy van Blaakeren?'
Ze zuchtte diep.
'Een vroegere vriend van mij.'
'Nou en?'
De uitdrukking op haar gezicht veranderde. In haar mooie blauwe ogen blonk angst, pure angst. Ze strekte haar armen smekend naar De Cock uit.
'Jullie moeten hem pakken,' schreeuwde ze wild. 'Zo gauw mogelijk. Jullie moeten hem pakken voor hij aan mij komt. Hij heeft Jan Brets vermoord.'

12

De Cock streek met zijn korte dikke vingers door zijn stugge grijze haar. De wat wilde uitroep van Cynthia van Woerden had hem niet in het minst geschokt. Zijn ervaring had hem geleerd ten opzichte van dergelijke beschuldigingen bijzonder wantrouwend te zijn. Ze waren in de regel produkten van opgekropte emoties. Meer gevoel dan verstand.
Hij keek naar het jonge fotomodel. Huiverend in haar badjas zat

ze voor hem, een angstig mensenkind. Haar gezichtje, besefte hij ineens, was hem vertrouwd. Plotseling bedacht hij dat hij haar al honderden malen had gezien; vrolijk lachend van blijde advertenties in de krant, affiches langs de straten.
Hij grijnsde wat bitter.
Zoals ze daar voor hem zat, was ze bepaald geen toonbeeld van stralende levensvreugde.
'Doe wat warms aan,' zei hij gebiedend. 'Voor mij behoef je niet mooi, noch verleidelijk of uitdagend te zijn. Ik ben een broodnuchtere ambtenaar, met een ambtenarenziel.' Hij maakte een triest gebaartje. 'En daar is alles aan verspild.'
Er gleed een schaduw van een glimlach over haar gezichtje. 'Een ogenblikje dan.'
Ze verdween uit de kamer en was in een paar minuten terug in een dikke slobbertrui, lange broek en muiltjes. Ze had ook het blonde haar wat geborsteld. Het hing nu los-golvend langs het hoofdje neer.
'Zo,' begon De Cock, toen ze weer in haar hangmat zat, 'Freddy van Blaakeren heeft Jan Brets vermoord?'
'Ja.'
'Waarom?'
Ze trok haar hoofd tussen haar schouders.
'Uit haat, jaloezie.'
De Cock knikte.
'En gedreven door diezelfde haat-, jaloezie-gevoelens zoekt hij ook jouw dood?'
'Ja.'
De Cock plukte nadenkend aan zijn onderlip.
'Als de liefde van vriend Freddy,' zei hij zuchtend, 'omgekeerd evenredig is aan zijn haat dan moet hij heel veel van je hebben gehouden.'
Ze richtte haar blauwe ogen naar hem op. De lichte spot in zijn stem was haar niet ontgaan.
'Er zijn getuigen,' zei ze scherp.
Het klonk als een terechtwijzing.
'Getuigen?'
'Ja, er zijn mensen genoeg die het Freddy hebben horen zeggen: Eerst sla ik die clown zijn hersens in. En dan kom jij aan de

beurt.'
De Cock schoof naar het randje van de bank waarop hij zat. Hij scheen plotseling hevig geïnteresseerd.
'Clown?'
'Ja.'
De Cock keek haar verbaasd aan.
'Noemde Freddy Jan Brets een clown?' vroeg hij verwonderd.
Ze knikte nadrukkelijk.
'Clown of pias. Zie je, Freddy kon het gewoon niet uitstaan wanneer Jan in gezelschap lollig probeerde te zijn. Dan schold hij hem later uit. Hij had een hekel aan hem. Hij mocht hem niet.'
Ze veranderde van toon.
'Jan was wel grappig. Hij was een vrolijke jongen. Daarom ben ik ook met hem gegaan.'
De Cock zuchtte.
'En Freddy liet je in de steek.'
'Ja, Freddy was altijd zo zwart, ik bedoel, zo humeurig en somber. Dat hield ik op het laatst niet meer uit.'
'Wanneer kwam de definitieve breuk?'
Ze antwoordde niet direct. Ze stak een verse sigaret op en inhaleerde diep.
'Ik heb Freddy de laatste dagen steeds gemeden,' zei ze door een wolk van rook. 'Ik ontmoette hem weer toevallig 's middags hier in Utrecht in een bar. Dat was eergisteren. Ik heb toen gewoon gezegd dat het uit was tussen ons, dat ik nu met Jan ging en dat hij niet meer terug behoefde te komen.' Ze zuchtte. 'Het werd een hele rel.'
De Cock knikte.
'En toen heeft hij in woede geroepen dat hij Jan Brets zou neerslaan en dat u zou volgen.'
'Ja.'
'Dat was dus op de dag van de moord?'
Ze knikte nauwelijks merkbaar.
'Op de dag van de moord,' herhaalde ze toonloos.
Er viel een stilte. Buiten in de Servetstraat toeterde een auto en klonk het roepen van een kind.
'Het heeft er alle schijn van,' zei De Cock na een poosje, 'dat Freddy ten aanzien van Jan Brets zijn bedreiging heeft uitge-

voerd.'
Hij sprak meer tot zichzelf dan tegen de jonge vrouw voor hem. Hij wreef nadenkend met zijn hand over zijn gezicht. Zijn gedachten bouwden aan een beeld. Hij trachtte zich voor te stellen hoe het was gegaan in Amsterdam in Het Wapen van Groenland.
'Hoe wist Freddy,' vroeg hij plotseling, 'waar hij Jan Brets kon vinden?'
Cynthia keek hem verwonderd aan.
'Hoe hij dat wist? Ze zaten toch samen in het syndicaat.'
De Cock fronste zijn wenkbrauwen.
'Syndicaat,' riep hij verbaasd.
'Ja, een syndicaat, een organisatie om . . .' Ze stokte. 'Ik weet eigenlijk niet of ik het allemaal wel vertellen mag.'
De Cock keek haar strak aan.
'Jan is dood,' zei hij effen.
Ze knikte.
'U hebt gelijk,' zei ze wat droevig, 'het heeft nu geen enkele zin meer.' Ze wreef met de rug van haar hand een blonde lok uit haar gezicht. Het was meer dan een routinegebaar. Het scheen dat zij zich voor het eerst de dood van haar vriend bewust werd. Haar grote blauwe ogen waren vochtig.
'Jan,' zei ze zacht, haast fluisterend, 'was benaderd door iemand uit Amsterdam. Het was een man die in de zakenwereld heel goed bekend moest zijn, Hij vroeg Jan in Utrecht een soort organisatie op te bouwen, een syndicaat om goed voorbereide overvallen te doen.'
'Waarom juist in Utrecht?' onderbrak De Cock.
Ze haalde gebarend haar schouders op.
'Ik meen dat de man had gezegd dat Utrecht zo mooi centraal lag en goede verbindingen had. Het zou gemakkelijker zijn van hieruit te opereren, dan bij voorbeeld vanuit Amsterdam.'
'Ga verder.'
'Jan voelde wel voor het plan en ging op zoek naar medewerkers. Hij kende Freddy van Blaakeren nog van vroeger. Wel, een dag of veertien geleden kwam hij hier en vroeg of Freddy wilde meedoen.'
'En?'
'Freddy had er wel oren naar en Jan werd bij ons een geregelde

bezoeker.'
De Cock zuchtte.
'Met het fatale gevolg?'
Ze knikte.
'Ik vond Jan direct al veel aardiger dan Freddy. Hij was veel vrolijker. Freddy zei mij meteen dat ik beter uit de buurt van Jan Brets kon blijven. Hij was volgens hem een gevaarlijke jongen, een bruut, die al eens een moord had gepleegd.' Ze glimlachte medelijdend. 'Maar Freddy was jaloers.'
De Cock knikte traag.
'En jaloerse mensen . . .' Hij maakte zijn zin niet af.
'Weet je,' vroeg hij, 'of er door het syndicaat al een of andere operatie is uitgevoerd?'
'Nee, volgens mij niet. Alles verkeerde nog in een stadium van voorbereiding.'
'Zijn jou nog andere medewerkers bekend: de naam Dikke Toon wel eens horen noemen?'
Ze schudde langzaam het hoofd.
'Ik heb nooit van anderen gehoord.'
'Die man uit Amsterdam, weet je wie hij is?'
Ze schudde opnieuw het hoofd.
'Ik weet niet wie hij is. Ik heb alleen zijn naam wel eens horen noemen. Het was Brasseur, Brassel of zo iets. Precies weet ik het niet.'
De Cock ademde diep.
'Luister goed, dit is belangrijk: weet je of er nog andere mensen waren, die Jan Brets een clown of pias noemden?'
Ze wuifde losjes met haar hand.
'Alleen Freddy noemde hem zo.'
De Cock bleef een tijdje zwijgend zitten. Toen pakte hij zijn hoedje van de vloer en stond moeizaam op.
'Kom,' gebood hij vriendelijk, 'kleed je netjes aan. Je gaat met mij mee.'
Ze keek verwonderd naar hem op.
'Mee?'
De Cock gebaarde wat ongeduldig om zich heen.
'Je verwacht toch zeker niet dat ik je hier alleen in dit huis achterlaat, terwijl daar ergens buiten een zekere Freddy met moordplan-

nen rondloopt?'
Hij schudde nadrukkelijk het hoofd.
'Nee, mijn beste kind, geen denken aan. Jij gaat met mij mee naar Amsterdam. Ik weet daar wel een vriendelijk hotelletje waar je zolang kunt blijven. Dat is veiliger voor jou en beter voor mijn zielerust.'
Ze opperde een reeks bedenkingen, maar stond uiteindelijk toch op om zich te verkleden. Ze liep naar een grote muurkast en zocht in haar uitgebreide garderobe. Van over haar schouder keek De Cock kritisch toe. Hij zag een serie vreemde hoedjes en uitbundig minuscule toiletjes. Het maakte hem wat onrustig. De vriendelijke trekken rond zijn mond plooiden zich in grillige accolades.
'Je houdt het toch wel netjes,' zei hij burgerlijk benauwd. 'Ik heb van mijzelf al bekijks genoeg.'

13

'Hoe is die Cynthia van Woerden?'
De jonge Vledder had gespannen naar de Utrechtse ervaringen van zijn leermeester geluisterd. Zijn hersenen werkten snel. De nieuwe ontwikkeling, vond hij, opende wijde perspectieven.
'Is dat fotomodel te vertrouwen, dacht je?'
De Cock maakte een mistroostig gebaartje.
'Wat heet vertrouwen,' zei hij voorzichtig. 'Ik, voor mij, ik geloof, dat ze de waarheid sprak.'
'Dus dat Van Blaakeren die bedreiging ten opzichte van Jan Brets werkelijk heeft geuit?'
'Dat zal zeker zijn gebeurd, ja. Ik neem zelfs aan dat er wel getuigen zijn te vinden die dat onder ede kunnen en willen bevestigen.'
Vledder spreidde beide armen.
'Nou,' riep hij ongeduldig, 'waar wachten we dan nog op?'
De Cock keek hem aan, het hoofd een beetje schuin.
'Wat wil je dan?'
'Van Blaakeren arresteren, wat anders?'

'Voor wat?'
'Voor die moord.'
'O.'
Vledder kletste met zijn hand op het bureau.
'Ja,' riep hij enthousiast, 'hij is de man die wij zoeken. Denk maar eens na. Wij begrepen tot nu niet waarom Jan Johannes Brets werd vermoord. Er was geen duidelijk motief. Wel, hier heb je het motief; haat, jaloezie. Wij begrepen tot nu niet waarom het lijk in zo'n rare harlekijn-houding lag. Het leek onzinnig. Wel, Freddy van Blaakeren noemde Jan Brets een clown.'
Hij keek zijn leermeester ernstig aan.
'Het klopt allemaal. Freddy van Blaakeren had zo'n afschuw van die Brets, koesterde jegens hem zo'n intense haat dat hij hem zelfs na de dood nog wilde beledigen door zijn lichaam in houding het aanzien te geven van een harlekijn. Begrijp je, hij wilde daarmee zeggen: Jan Brets, een pias tot in de dood.'
Er viel ineens een vreemde stilte. De laatste woorden van de jonge rechercheur dreunden nog wat na, echoden tegen de kale wanden van de recherchekamer. Het was alsof de dood van Jan Brets plotseling tastbaar werd; een moord met dimensies.
De Cock schoof zijn onderlip naar voren.
'Jan Brets,' herhaalde hij toonloos, 'pias tot in de dood.' Hij knikte zijn leerling bemoedigend toe. 'Het is knap,' zei hij bewonderend, 'heel knap opgebouwd. Goed doordacht. Mijn compliment.'
Dick Vledder keek hem aan, een blik van wantrouwen in zijn ogen. Hij zocht in de stem van De Cock naar een ondertoon van onoprechtheid, spot of sarcasme. Die was er niet. De bewondering van zijn oudere collega scheen oprecht.
'Het zal alleen niet gemakkelijk zijn,' ging De Cock verder, 'om die Freddy van Blaakeren te vinden. Ik heb het haar uitdrukkelijk gevraagd, maar ook Cynthia van Woerden kon mij niet zeggen waar hij was. Ze is trouwens doodsbenauwd voor dat vroegere vriendje van haar. Ik heb haar ettelijke malen moeten verzekeren dat ze in dat hotelletje volkomen veilig is.'
'En is ze dat?'
De Cock zuchtte diep.
'Het leek mij de enige oplossing. Wat kon ik anders doen? Ik kan

haar moeilijk een stevige diender als lijfwacht meegeven. Zo ruim hebben we die niet in voorraad. Als onze Cynthia zich voorlopig niet op straat vertoont, is ze volgens mij in dat hotelletje betrekkelijk veilig. Ik ken de eigenaar. Hij zou een oogje in het zeil houden. Verder heb ik haar voor alle zekerheid niet onder haar eigen naam laten inschrijven. Ze staat in het register als mevrouw Vledder.'

Vledder keek verbaasd op.

'Waarom nou, mevrouw Vledder,' riep hij geërgerd.

De Cock haalde achteloos zijn schouders op.

'Dat is toch niet zo erg? Ik kon niet zo gauw een betere naam bedenken. Bovendien, je zult er als echtgenoot mee gestraft zijn; die Cynthia van Woerden is een mooi kind.'

Het gezicht van Vledder leek een donderwolk.

'Mooi kind of niet,' bromde hij. 'Ik houd er niet van. In het vervolg gebruik je bij dergelijke gelegenheden maar je eigen naam. Als mijn Celine erachter komt dat er al een mevrouw Vledder is . . .'

De Cock lachte hartelijk.

'Zo,' grapte hij, 'knelt het daar?'

Vledder snoof.

'Er knelt mij niets,' riep hij uit. 'En verder wil ik je nog even in herinnering brengen, dat hier beneden al meer dan een uur een oude man op je zit te wachten.'

'Een oude man?'

Vledder knikte.

'Die nachtwaker van de firma Van Brunssum uit de Spuistraat. Hij moest van jou hier om twaalf uur al op het bureau zijn. Weet je nog?'

De Cock greep naar zijn hoofd.

De man zag er keurig uit. Hij droeg een bruin ribfluwelen kostuum met leren ovalen op de mouwen. Hij leek in niets op het type van een oude nachtwaker. Hij had meer een wat bohemienachtig uiterlijk met lang krullend haar en een goed verzorgde korte baard. Zijn bruine ogen blikten rusteloos rond.

De Cock putte zich uit in verontschuldigingen.

'Het spijt mij ontzettend,' zei hij, 'dat ik u zo lang heb laten wachten. Als u zich over mijn gedrag zou beklagen, was dat vol-

komen terecht. Ik was u, ik beken het ruiterlijk, eenvoudig vergeten. Ik vraag u wel excuus.'
De oude man lachte.
'Het boetekleed,' zei hij op plechtige toon, 'ontsiert de mens niet. Het is daarom opmerkelijk dat het zo weinig wordt gedragen.'
De Cock keek de oude onderzoekend aan. Hij had in de stem zoveel geest en educatie beluisterd, dat het hem verbaasde.
'U bent nachtwaker?' vroeg hij argwanend.
De oude man knikte.
'Bij de firma Van Brunssum in de Spuistraat.'
'Doet u dat al lang?'
De oude gebaarde.
'Ruim twee en een half jaar. Sinds de dood van mijn vrouw.'
Hij staarde wat droef voor zich uit.
'Het was uit noodzaak. Ik moest weer wat om handen hebben. Ik had het anders niet overleefd. Mijn dochter had gelijk. Papa, zei ze, je moet weer wat gaan doen. Je verkniest. Zij bracht mij in contact met de jongeheer Van Brunssum.' Hij glimlachte wat triest. 'Zo werd ik nachtwaker.'
Hij zweeg even.
'Och,' ging hij verder, 'het komt ons beidjes wel goed uit. Als ik 's morgens van het nachtwaken thuiskom, maak ik haar ontbijt klaar en wek haar voor het kantoor. Ik slaap als zij werkt en ik werk als zij slaapt. Het is een haast ideale situatie. We kunnen ook heel goed met elkaar overweg, mijn dochter en ik.'
De Cock knikte.
'Wat was uw beroep voor u nachtwaker werd?'
De oude plukte nadrukkelijk aan zijn baard.
'Leraar, leraar aan een kunstnijverheidschool.'
'O.'
'Ja, dat is wel heel wat anders. Ik ben van het onderwijs gepensioneerd. Ik ben al ruim negenenzestig jaar. Nog even en ik ben de zeven kruisjes gepasseerd.'
De Cock plooide zijn gezicht in bewondering.
'U maakt op mij de indruk nog bijzonder vitaal te zijn.'
De oude glunderde.
'Dat ben ik ook, reken maar. Als het er op aankomt sta ik mijn mannetje nog best.'

De Cock knikte traag. Hij vroeg zich af of de vitaliteit van de oude wel voldoende zou zijn voor een bij verrassing gehanteerde hockeystick. Hij dacht van niet.
'Hebt u tijdens uw nachtwaken wel eens moeilijkheden ondervonden?'
'Och nee, er is bij ons ook niet zo veel te halen, dacht ik. Feitelijk stelt het waken van mij ook niet veel voor. Ik knap 's nachts meest wat karweitjes op.'
'Maar de firma acht het toch nodig dat er 's nachts bewaking is.'
'Ja.'
'Waakt u ook op de zondagen?'
De oude knikte heftig.
'Zeker, juist in de weekeinden.'
'Dus ook aanstaande zondag?'
Er gleed een glimlach over het gezicht van de oude man.
'Nee,' zei hij hoofdschuddend, 'toevallig aanstaande zondag niet.'
'Komt dan uw vervanger?'
Hij schudde opnieuw het hoofd.
'Nee, ook geen vervanger. Er is aanstaande zondag helemaal geen bewaking in het pand.'
De Cock fronste zijn wenkbrauwen.
'Geen bewaking,' riep hij, 'maar . . .'
'Och, dat kan best voor een keertje. Dat zei de jongeheer Van Brunssum ook toen ik het hem vroeg. Het zou wel toevallig zijn als er nu juist aanstaande zondag iets zou gebeuren.'
De Cock slikte.
'Maar,' zei hij bijna stotterend, 'waaróm bent u er dan aanstaande zondag niet?'
De ogen van de oude man begonnen te glinsteren.
'Mijn dochter en ik,' zei hij blij, 'zijn beiden uitgenodigd voor een feestje.'
De Cock keek hem vragend aan.
'Een feestje?'
De oude knikte nadrukkelijk.
'Mijn dochter is al jaren secretaresse op een oud accountantskantoor. Haar chef, de heer Brassel, geeft aanstaande zondag bij hem thuis een intiem feestje voor het personeel. Hij heeft mij ook uitgenodigd.'

De Cock wreef met zijn hand langs zijn gezicht. Het duurde geruime tijd voor hij zijn stem terug had.
'Ik geloof,' zei hij wat vermoeid, 'dat ik nu wel genoeg weet, meneer . . . eh . . .'
'Petersma.'
De Cock glimlachte beleefd.
'Meneer Petersma, mijn hartelijke dank voor uw komst hier naar het politiebureau en nogmaals mijn verontschuldiging voor het lange wachten.'
De oude man stond op en liep naar de deur.
'Nog één vraag,' riep De Cock, 'wanneer hebt u die uitnodiging voor het feestje ontvangen?'
De oude dacht even na.
'Veertien dagen geleden.'

Met zijn hoofd in zijn handen, de beide ellebogen steunend op zijn bureau, staarde De Cock een tijdlang wezenloos in het niets. Zijn toch al wat droeve gelaatstrekken hadden een extra somber accent gekregen. Hij had het gevoel steeds dieper in een poel van verwarring weg te zinken. Zijn hersenen werkten op volle toeren, zochten rusteloos naar een houvast. Vledder pakte een stoel en ging tegenover hem zitten.
'Dus de lieftallige secretaresse van accountant Brassel, de groenogige brunette met dat onweerstaanbare kuiltje in haar wang, is de dochter van de nachtwaker van de firma Van Brunssum.'
De Cock grijnsde.
'Precies, dochter van dezelfde nachtwaker die door Jan Brets bij de operatie Harlekijn zou worden neergeslagen en voor wie hij al een hockeystick had klaarstaan.'
De ogen van Vledder werden ineens groot van verbazing.
'Ma-ar,' riep hij stotterend, 'd'r is toch ergens een kortsluiting. Jan Brets behoefde geen oude nachtwaker neer te slaan.'
De Cock knikte traag.
'Je hebt gelijk Dick, er klopt iets niet. De met zoveel zorg en toewijding geprepareerde hockeystick was overbodig. Het pand was onbewaakt. De oude nachtwaker was er niet. Die was op een feestje.'
Vledder slikte iets weg.

'Een feestje van Brassel.'
De Cock stond op en begon door de recherchekamer te stappen. Bij het raam bleef hij staan en keek naar buiten.
'We zouden het als een klucht kunnen beschouwen,' verzuchtte hij, 'een dwaas spel om ons te amuseren, als Jan Brets niet zo afgrijselijk zeker was vermoord.'
Hij draaide zich om naar Vledder.
'Jij bent vanmorgen bij de firma Van Brunssum geweest?'
'Ja.'
'Hoe was het?'
'Niets.'
'Wat niets?'
Vledder haalde wat onverschillig zijn schouders op.
'Net wat ik zeg. De heer Van Brunssum begreep niet wat inbrekers in zijn pand aan de Spuistraat dachten te vinden. Er was volgens hem niets te halen. Het grote geld ging rechtstreeks naar de bank. Slechts een klein bedrag aan kasgeld werd 's nachts in een wat verouderde brandkast opgeborgen.'
'En hun accountant?'
'Was Brassel niet.'
'Niet?'
'Nee.'
De Cock fronste zijn wenkbrauwen.
'Maar,' zei hij niet begrijpend, 'toch had zijn secretaresse zoveel invloed bij Van Brunssum dat zij haar vader het baantje van nachtwaker kon bezorgen.'
Vledder knikte.
'Met medwerking van Brassel kon dat ook best.'
'Hoezo?'
Vledder glimlachte.
'Ze zijn vrienden.'
'Wie?'
'Brassel en Van Brunssum, al sinds hun schooltijd.'

14

Rechercheur Vledder dacht.
Het was hem aan te zien. Zijn nog jeugdig gezicht stond gespannen. Zijn kin stak scherp naar voren en tussen zijn wenkbrauwen lag een diepe, dwarse denkrimpel.
Plotseling begonnen zijn blauwe ogen te glanzen. Zijn kin schoof weer terug en de rimpel verdween.
'Ik begrijp het,' riep hij opgewonden. 'Het is mij volkomen duidelijk.'
De Cock, die de plattegrond van Het Wapen van Groenland voor zich had, keek verstrooid op.
'Wat is je duidelijk?'
Vledder ging tegenover hem zitten.
'Waarom Brassel de nachtwaker uitnodigde.'
'Zo, en waarom dan wel?'
Vledder glimlachte.
'Heel simpel, omdat hij niet wilde dat de vader van zijn secretaresse zou worden neergeslagen.'
De Cock keek zijn leerling hoofdschuddend aan.
'Zo simpel als jij denkt,' zei hij met een licht verwijt in zijn stem, 'is het beslist *niet*. Denk maar eens aan hetgeen Marie Zijllmakers ons gisteren vertelde. Herinner je je nog dat tijdens de besprekingen in het huis van Dikke Toon werd overeengekomen dat Jan Brets de oude nachtwaker zou neerslaan en *Brassel zei dat dit het best met een hockeystick kon gebeuren*. Dat was een week geleden. Brassel wist op dat moment al lang dat het pand van de firma Van Brunssum op de dag van de operatie onbewaakt zou zijn, dat er die dag geen nachtwaker was. Hij had hem zelf uitgenodigd.'
Vledder kreunde alsof hij maagpijn had.
'Verdomme ja,' riep hij kwaad op zichzelf uit. 'Je hebt gelijk. Dat is waar. De oude nachtwaker kreeg de uitnodiging voor het feestje al een veertien dagen geleden.'
Kauwend op zijn onderlip staarde hij een tijdje zwijgend voor zich uit. 'Maar . . .' zei hij aarzelend, 'maar waarom zei Brassel dan niets? Waarom verzweeg hij die uitnodiging? Waarom opperde hij

toch het idee om voor het neerslaan van de oude nachtwaker een hockeystick te gebruiken?'
De Cock stak beide armen omhoog.
'Ja,' riep hij geprikkeld, 'waarom? Waarom zoveel, waarom werd Jan Brets uiteindelijk met diezelfde hockeystick vermoord?'
Op dat moment rinkelde de telefoon.
Vledder nam de hoorn op.
'Spreek ik met rechercheur De Cock?'
'Nee, een ogenblikje.'
Hij reikte de hoorn over.
'Het is voor jou.'
'Hier met De Cock.'
'Ik zou bellen,' zei een stem aan de andere kant van de lijn, 'als er iemand belangstelling zou tonen voor die mevrouw Vledder die u vanmorgen bij mij hebt gebracht.'
'Ja.'
'Er is hier zoëven een man geweest.'
'En vroeg hij naar mevrouw Vledder?'
'Nee, niet naar mevrouw Vledder. Maar hij bedoelde haar wel. Hij noemde haar alleen anders.'
'Hoe?'
'Cynthia, Cynthia van Woerden.'
De Cock smeet wat onbesuisd de hoorn op het toestel en beende naar de kapstok.
'Kom,' riep hij, 'we gaan op pad.'
Vledder keek hem verwonderd aan.
'Waarheen?'
De Cock wurmde zich in zijn oude regenjas.
'Hotel Dupont en . . . Freddy van Blaakeren.'

De eigenaar-portier-kelner-kok van het hotel Dupont aan de Martelaarsgracht droogde zijn handen aan zijn smoezelige schort en ging de rechercheurs voor naar een klein zitje in de hal.
'Het was een knappe jonge snuiter,' legde hij uit, 'met een zwarte kuif en goed in de kleren. Een beetje overdreven, wat branieachtig. Je kent dat wel. Niet echt beschaafd. Ik schatte hem op een jaar of vijfentwintig. Hij vroeg of hij dat meisje kon spreken dat vanmorgen hier een kamer had genomen. Ik deed net alsof ik hem

niet begreep en vroeg welk meisje hij bedoelde. Toen noemde hij de naam.'
'Cynthia van Woerden.'
'Ja.'
'En toen?'
'Gewoon, ik zei dat ik bij mijn weten geen Cynthia van Woerden in huis had. En daar loog ik geen woord van. Toen is hij weggegaan.'
De Cock lachte.
'Heeft hij nog een boodschap achtergelaten of gezegd dat hij terug zou komen?'
'Nee, dat niet. Maar ik ben ervan overtuigd dat hij terugkomt. Hij keek nogal verbaasd toen ik zei dat ze er niet was en vroeg of er op de Martelaarsgracht nog andere hotelletjes waren.'
De Cock knikte.
'Waar is het meisje nu?'
De hotelier gebaarde met zijn duim omhoog.
'Boven, op haar kamer.'
De beide rechercheurs stonden op en liepen naar de trap.
Halverwege draaide De Cock zich om.
'Heeft onze schoonheid,' vroeg hij, 'vanmorgen, nadat ik ben weggegaan, nog getelefoneerd?'
De hotelier schudde zijn hoofd.
'Nee, tenminste niet van hier. Ik heb maar één toestel en dat staat hier beneden bij mij.'
'Is ze dan weggeweest?'
'Ja, even, om sigaretten te halen. Dat heeft maar een paar minuten geduurd.'
De Cock knikte peinzend. Hij liep enige stappen terug en bleef voor de hotelhouder staan. Zijn hand aan de kin.
'Als dat zwarte snuitertje,' zei hij wat aarzelend, 'onverhoeds terug mocht komen, terwijl mijn collega en ik nog boven in haar kamer zijn, vraag hem dan of hij misschien een hoogblond meisje bedoelt met blauwe ogen. Als hij ja zegt, en ik twijfel er niet aan dat hij dat zal doen, dan breng je hem de trap op. Je klopt boven driemaal snel achter elkaar op haar kamerdeur, wacht een paar seconden, doet dan de deur open en duwt onze vriend naar binnen. De rest kun je dan wel aan ons overlaten.'

De hotelier knikte met een zucht.
'En als hij niet mee naar boven wil?'
De Cock glimlachte.
'Maak je geen zorgen. Hij wil wel.'

De knappe Cynthia van Woerden was bepaald niet verheugd toen ze Vledder en De Cock haar hotelkamer zag binnenstappen. Integendeel, rond haar volle lippen lag een duidelijke trek van teleurstelling.
De Cock grijnsde haar vriendelijk toe.
'We komen je beschermen,' riep hij opgewekt. 'We hebben gehoord dat Freddy van Blaakeren hier in de buurt rondscharrelt. Kennelijk op zoek naar jou. Hij heeft naar je gevraagd, hier beneden in het hotel, nog geen tien minuten geleden.'
Ze toonde geen duidelijke reactie. De mededeling van De Cock gleed schijnbaar onberoerd langs haar heen. Ze blikte alleen wat schichtig naar de beide rechercheurs. Er was geen spoor van angst.
'Wij zijn blij je nog in leven aan te treffen,' ging De Cock bijna vrolijk verder. 'Als ik de hoteleigenaar niet zo duidelijk had geïnstrueerd . . .' hij pauzeerde even en keek steels naar de uitdrukking op haar gezicht, 'dan waren we misschien te laat gekomen.'
Haar ogen vernauwden zich.
'U hebt mij laten bespioneren,' riep ze fel.
De Cock schudde zijn hoofd.
'Ik heb alleen de nodige voorzorgsmaatregelen genomen,' zei hij kalm. 'Niets anders. Bovendien, u had mij gezegd dat u niet wist waar Van Blaakeren zich bevond. Hoe kon ik weten dat u nog contacten onderhield met uw moordenaar?'
'Ik onderhield geen contacten.'
De Cock trok zijn wenkbrauwen op.
'Maar u hebt hem vanmorgen toch gebeld en gezegd waar hij u kon vinden?'
Ze ontweek de blik van De Cock en boog het hoofd. Haar blonde haar gleed als een gordijn voor haar gezicht.
'U hebt toch gebeld?' drong De Cock aan.
'Ja.'
'Een vreemd gedrag voor een aanstaand slachtoffer.'

Ze bracht langzaam het hoofd weer omhoog. Het blonde gordijn viel terug. Haar grote blauwe ogen keken naar hem op. Ze glansden van het vocht en over haar bleke wangen gleed een traan.
'Ik wilde het tussen Freddy en mij weer goedmaken,' zei ze haast fluisterend. 'Begrijpt u, meneer De Cock, goedmaken, voordat het te laat was, voordat u hem zou arresteren.'
Ze zuchtte diep.
'Hij had het ten slotte voor mij gedaan. Alleen voor mij. Omdat hij van mij hield. Zielsveel. Ik ben dat pas gaan beseffen, nadat ik hem aan u had verraden.'
De Cock wreef met zijn vlakke hand over zijn gezicht. Tussen zijn vingers door keek hij haar onderzoekend aan. Het maakte hem wat onzeker. Liefde en vrouwen; het was, zo wist hij, een combinatie met snel wisselende emoties waarbij elke logica ontbrak, elke verstandelijke benadering bij voorbaat gedoemd was te mislukken.
'Vroeg je hem daarom hier te komen?'
Ze knikte traag.
'Om het uit te praten,' zei ze toonloos.
De Cock schoof zijn hoedje wat naar voren en krabde zich achterin de nek.
'Je wist dus *wel* waar hij te bereiken was.'
'Ik ken alleen een telefoonnummer in Utrecht.'
De Cock maakte een grimas.
'Was je niet bang,' vroeg hij met licht sarcasme, 'dat hij je iets zou aandoen? Vanmorgen kroop je al onder het bed, terwijl je niet eens wist of hij er was.'
Om haar lippen zweefde een trieste glimlach.
'Vanmorgen, ja.' Ze zuchtte alsof er sindsdien een eeuwigheid was vergaan. 'Maar nu kan het mij niet zo veel meer schelen. Als u de hotelier niet had gewaarschuwd en Freddy was gekomen, dan had ik hem gezegd, wat ik hem te zeggen had, dat ik nog steeds van hem hield, dat die affaire met Jan Brets een vergissing was.' Ze friemelde met haar vingers aan haar hals. 'De rest was aan hem.'
De uitdrukking op het gezicht van de jonge Vledder was er een van pijnlijke verwondering.
'En dan zou je je zo maar hebben laten afmaken?' vroeg hij verbijsterd. Hij knipte met zijn vingers. 'Zo van jongen-ga-je-gang-

maar?'
Ze staarde haast wezenloos langs hem heen en knikte.
Vledder snoof verachtelijk.
'Je bent gek,' beet hij haar fel toe. 'Stapelgek. Dat is geen liefde. Dat heeft met liefde niets meer te maken, dat is . . .'
Drie harde kloppen, snel achter elkaar op de kamerdeur, onderbraken zijn betoog. Onmiddellijk gaf De Cock Vledder een duw en sprong zelf opzij, buiten het gezichtsveld. Vrijwel op hetzelfde moment vloog de deur wijd open. Op de drempel stond een krachtig gebouwde jongeman. Zijn donkere ogen blikten de kamer in.
Er volgde een moment van verlamming, een actiepauze van een seconde. In die ene seconde waarin Freddy van Blaakeren oog in oog stond met zijn vroegere geliefde en nog weifelde op haar toe te stappen, gilde Cynthia van Woerden.
Het was een korte, snerpende gil, die scherp resoneerde tegen de wanden. Het alarmeerde Freddy. Hij voelde de dreiging, zag vanuit zijn ooghoeken de grijpende handen van de rechercheurs en kwam bliksemsnel tot actie. In een flits draaide hij zich om, wierp de hoteleigenaar tegen de gangmuur en vluchtte de trap af.
'Grijp hem,' schreeuwde De Cock.
Vledder startte.
Freddy van Blaakeren nam de trap in twee sprongen, sprintte door de hal en rende het hotel uit. In zijn vaart liep hij op het trottoir een oude man omver en stak daarna juist voor een aanstormende tram de Martelaarsgracht over.
Vledder volgde. Toen hij de overkant van de Martelaarsgracht had bereikt, zag hij nog juist hoe Freddy linksaf de Nieuwendijk op vluchtte. De jonge rechercheur verhoogde zijn inspanningen. Hij wist dat er op de Nieuwendijk vaak agenten surveilleerden en hoopte op assistentie. Maar toen hij op de Nieuwendijk kwam, zag hij tot zijn teleurstelling geen enkel politieuniform. Dat verminderde zijn tempo. Hij hijgde zwaar en zijn hart bonsde in zijn keel. Zijn benen wilden niet meer. Ver voor hem uit draafde de vluchtende jongeman. De afstand werd steeds groter. Voorbij de bioscoopjes in de bocht van de Nieuwendijk rende Freddy van Blaakeren de Haringpakkerssteeg in. Toen hij aan het eind van de steeg, bij de fotozaak van Solleveld, even omkeek, was zijn achtervolger nog niet te zien. Het stelde hem gerust. Hij vertraagde zijn

gang. Opgenomen in een menigte schuifelende voetgangers, liep hij over een zomers-zonnig Damrak in de richting van het Centraal Station.

15

'Hij is je dus ontkomen.'
Vledder boog beschaamd het hoofd.
'Die jongen liep veel sneller dan ik. Hij vluchtte via de Haringpakkerssteeg naar het Damrak. Toen ik daar aankwam, was hij opgelost in het publiek. Je weet hoe druk het daar altijd is.'
De Cock glimlachte om het beteuterde gezicht van zijn jongere collega.
'Trek het je niet aan,' zei hij opbeurend. 'We pakken hem wel, vandaag of morgen. Ik vraag mij toch af of hij wel de man is die wij zoeken.'
Vledder keek hem verbaasd aan.
'Denk je dat hij de moordenaar *niet* is?'
De Cock haalde zijn schouders op.
'Ik weet het niet. We zullen eerst eens uitgebreid met hem moeten praten. Kijk, de moordenaar van Jan Brets moet aan één belangrijke voorwaarde voldoen.'
'En dat is?'
De Cock gebaarde met beide handen.
'Hij moet in een zodanige relatie staan tot Pierre Brassel, dat deze wist dat de moord zou worden gepleegd. Begrijp je, de moordenaar moet aan Brassel hebben verteld wat hij van plan was. En dit niet door een wilde uitroep in een of andere Utrechtse bar, waarvan Cynthia vertelde, maar rustig, gedetailleerd met bijzonderheden over plaats en tijd.
In die sfeer is geen ruimte voor een emotionele moord. De knappe Cynthia van Woerden voelt zich uiteraard bijzonder gevleid dat haar ene minnaar de andere naar het leven staat, maar volgens mij was de moord op Jan Brets geen moord uit passie.'
Hij pauzeerde even en streek met zijn pink over de rug van zijn

neus. 'Hoewel, Freddy van Blaakeren was de enige, die Jan Brets een clown noemde.'
Vledder kwam naast hem staan. 'Die harlekijn-houding zit je dwars?'
De Cock knikte peinzend.
'Ik weet er eerlijk gezegd geen weg mee,' zei hij somber. 'En er is in dit onderzoek nog zo veel waar ik geen weg mee weet. Bij voorbeeld dat syndicaat. Het is mij te fantastisch, te onlogisch ook. Denk maar na. De eerste inbraak zou worden gepleegd bij de firma Van Brunssum en Van Brunssum is een vriend van Brassel. Er zal daarbij een nachtwaker worden neergeslagen, Brassel heeft de man uitgenodigd voor een feestje. Jan Brets die de inbraak moet plegen, wordt vermoord, en Brassel steekt geen hand uit om dat te verhinderen.'
Vledder knikte wat triest voor zich uit. Plotseling begonnen zijn ogen te glanzen. Het was alsof een simpele gedachtenvonk in een flits uitschoot tot een felle vlam.
'Je hebt gelijk,' riep hij ineens wild enthousiast, 'het zou inderdaad volkomen onlogisch zijn wanneer Brassel Jan Brets liet vermoorden, terwijl hij hem nodig had voor een inbraak.'
De Cock keek hem wat verward aan.
'Ik vat je niet.'
Vledder lachte opgewekt.
'Weet je,' zei hij met opgestoken vinger, 'hij had Jan Brets helemaal niet nodig voor een kraak. Er was geen kraak.'
'Wat?'
Vledder grinnikte.
'Er was geen kraak,' herhaalde hij. 'Bij de firma Van Brunssum was niets te halen. We weten het. Het was feitelijk geen object voor een inbraak. Brassel heeft, volgens mij, operatie-harlekijn ook nooit serieus bedoeld. Het was niet alleen fantastisch, zoals jij zei, het was een fantasie. Dat hele plan voor een bende, een syndicaat, was - zo zie ik het - een maskerade. Brassel heeft dat alles uit zijn duim gezogen. Hij wilde alleen dat Jan Brets zijn intrek nam in Het Wapen van Groenland. Het was een valstrik.'
'Een valstrik?'
Vledder knikte nadrukkelijk.
'Onder het voorwendsel dat hij een mooie klapper wist, lokte

Brassel de inbreker Brets naar Amsterdam, naar Het Wapen van Groenland. En Brets trapte erin. Geloof me, zo is het gegaan. Pierre Brassel heeft Jan Brets bewust in de val gelokt.'
De Cock kauwde op zijn onderlip.
'Blijft natuurlijk nog altijd de vraag: wie doodde Jan Brets en waarom?'
Het gezicht van Vledder betrok.
'Je hebt gelijk,' zei hij somber, 'het brengt ons feitelijk niet veel verder.'
De Cock legde vertrouwelijk een hand op de stevige schouder van zijn leerling.
'Toch lijkt het mij een vruchtbare gedachte,' zei hij bemoedigend. 'Ik geloof dat Jan Brets inderdaad in de val is gelokt. Het heeft er alle schijn van.'
Ineens kreeg zijn gezicht een korzelige uitdrukking. Hij schudde zijn hoofd, liep bij Vledder vandaan en begon met grote passen door de recherchekamer te stappen. In de cadans van zijn tred lieten zijn gedachten zich nu eenmaal gemakkelijker ordenen. Een lawine van vragen kwam op hem af.
Na een poosje ging hij achter zijn bureau zitten en pakte uit de lade een blanco vel papier. Links bovenaan schreef hij VALSTRIK, in forse schoolse letters. Zijn pen aarzelde even. Toen plaatste hij achter het woord een vraagteken.
Het was een gewoonte van De Cock. Wanneer een bepaalde vraag hem sterk bezighield, schreef hij haar op. Het was voor hem alsof hij op die wijze de vraag transponeerde in iets tastbaars; een concrete uitdaging aan zijn verbeelding. Hij keek naar het kale woord en tikte met zijn middelvinger op het papier.
'Hoe wist Brassel,' riep hij geprikkeld, 'een gedegen en alom geacht Amsterdams accountant, van het bestaan van een man als Jan Brets, een man met een strafblad van hier tot gunder.'
Hij keek naar Vledder op.
'En wie had er zoveel belang bij de dood van de inbreker, dat hij tot een moord besloot?' Hij plooide zijn gezicht tot een grijns en gebaarde voor zich uit. 'Was dat Pierre Brassel? Had de accountant Brassel belang bij de dood van Jan Brets? Het is nauwelijks denkbaar.'
Een tijdlang zwegen ze. De Cock keek naar het woord VAL-

STRIK. Vledder verzonk opnieuw in gepeins.
'Het laat zich niet rijmen,' zei hij na een poosje. 'Er is inderdaad geen redelijk verband te zien. Het is zonder meer duidelijk dat Brassel er tot zijn nekharen inzit. Dat lijdt geen twijfel. Maar wanneer je hem probeert te passen, lukt dat niet. Feitelijk draait voor ons alles maar om één vraag: wat heeft Brassel met die hele affaire te maken?'
De Cock stond op.
'Laten we het gaan vragen.'
Vledder keek hem verbaasd aan.
'Vragen . . . aan wie?'
De Cock grijnsde.
'Aan de man die blijkbaar alle antwoorden kent.'
Vledder begon te glunderen.
'Brassel?'
'Juist.'

Het was een fraai huis, vriendelijk, in rode baksteen en met grote ramen. Het lag in Ouderkerk aan de Amstel, op de hoek van een kleine straat, niet ver van de verkeersweg naar Amstelveen en Schiphol. De ramen waren verlicht.
De Cock had het beter gevonden de accountant niet in zijn kantoor op te zoeken, maar thuis. Kantoren, zo was zijn ervaring, hadden meestal een onpersoonlijk karakter. Ze vertelden weinig of niets van de persoonlijkheid van de gebruiker. Bij een huis was dat anders. Het interieur was vaak een spiegel van de mensen die het bewoonden. Daarom had hij gewacht tot de avond.
Het was niet moeilijk Pierre Brassel te vinden. Hij zat gewoon te kijk, gelijkvloers, achter een groot raam, bij de haard in een diepe fauteuil met een boek. Wat verder achterin de kamer, aan een grote ronde tafel, zat even rustig een vrouw met een handwerkje. Het was een vredig tafereeltje van huiselijke gezelligheid, gedompeld in zacht diffuus licht en volkomen passend bij het beeld van een keurige accountant. Het gluren in die verlichte kamerruimte bezorgde De Cock een wat vreemd schuldgevoel. Zijn burgerlijke ziel speelde hem parten. Het leek hem toe dat hij inbreuk maakte op de intimiteit van die twee mensen in dat huis, dat hij hen in feite betrapte; maar hij bedacht als verontschuldiging dat zij zich

toch zelf ten toon stelden en die openheid blijkbaar wensten.
Met de jonge Vledder naast zich bleef hij nog een poosje naar het tafereeltje staan kijken. Het beeld van de huiselijke Brassel met pantoffels aan zijn voeten lag zo ver van misdadigheid, van moord, dat hem de gedachte besloop dat alles toch maar een grap was, een practical joke, en dat straks iemand zou beginnen te schateren, luid, uitzinnig luid, zodat het echode door de straten. En dat alle bewoners van Ouderkerk aan de Amstel uit hun huizen zouden komen om hem te bespotten, De Cock, die gekke rechercheur, die keurige accountants belaagde met zotte ideeën.
Hij zuchtte diep, trok Vledder aan de arm met zich mee en slenterde naar de deur. Even aarzelde hij nog, toen drukte hij op de bel.
Het duurde niet lang. Al na een paar seconden werd de buitendeur geopend. Voor hen stond een knappe slanke vrouw. De fraaie lijnen van haar figuur tekenden zich scherp af, als een silhouet. Het helle licht uit de hal glansde op het blonde haar.
De Cock vroeg zich af of hij haar al eens meer had ontmoet, maar toen zijn herinnering hem niet hielp, bedacht hij cynisch dat het lot hem dikwijls mooie blonde vrouwen op zijn pad had gevoerd en op een of andere manier leken ze allemaal op elkaar.
Hij lichtte beleefd zijn hoedje. ‘Mevrouw Brassel?’
Ze knikte bedaard.
De Cock presenteerde zijn innemendste glimlach.
De Cock, De Cock met ceeooceekaa.’
Ze stak hem vriendelijk de hand toe.
‘Ik heb veel van u gehoord.
Ze sprak met een licht Duits accent. Uit haar mond klonk het zelfs prettig.
‘En dat is mijn collega Vledder.’
‘Aangenaam.’
De begroeting verliep vormelijk. Mevrouw Brassel toonde zich niet in het minst verbaasd over het bezoek van de beide rechercheurs. Ze handelde ongedwongen alsof ze van tevoren van hun bezoek op de hoogte was gebracht.
‘U wilt mijn man spreken?’
De Cock knikte met zijn hoedje in zijn hand.
‘Dat was inderdaad de bedoeling.’

Ze wees naar de kapstok in de hal.

De langbenige Brassel acteerde als een opgewekte gastheer. Hij rangschikte de fauteuils in een halve kring om de haard, schoof minitafeltjes bij en straalde van vriendelijke genegenheid.
'Koffie?'
Vledder en De Cock knikten gretig.
Pierre Brassel gaf zijn vrouw een wenk en zij haastte zich naar de keuken. De Cock keek haar bewonderend na tot Brassel weer zijn aandacht opeiste.
'Ik heb eens ergens gelezen,' koutte hij luchtigjes, 'dat de Nederlandse, en meer speciaal de Amsterdamse rechercheur, koffie als een soort levenselixer beschouwt. Is dat zo?'
De Cock lachte beleefd.
'Het is een tonicum. Een onschuldige inspiratiebron. Er zijn mensen die sterkere prikkels nodig hebben om geïnspireerd te raken.'
Brassel reageerde niet. Hij gebaarde naar de wachtende fauteuils.
'Gaat toch zitten heren. Mijn vrouw komt zo met de koffie en dan zult u eens proeven hoe koffie kan smaken. Zij is van Duitse origine, mijn vrouw, en een wonder, ik mag wel zeggen, een magische fee in de keuken. Luitjes die wel eens iets van haar voortreffelijke kookkunst hebben geproefd, vragen zich af hoe ik het besta om zo mager te blijven.'
Hij grinnikte verontschuldigend.
'Ik heb blijkbaar geen aanleg voor . . . eh . . .'
De Cock keek hem spottend aan.
'Voor wat?'
Even flikkerde er iets in de ogen van Brassel. Toen krulden zijn lippen zich in een speelse glimlach.
'. . . voor corpulentie.'
De Cock grijnsde.
'Dat is prettig.'
Brassel strekte zijn lange benen, leunde behaaglijk achterover en legde de vingertoppen tegen elkaar.
'In onze familie,' ging hij verder,' 'komt het John Bull-type niet voor. Ik kan mij bijna slaafs aan het culinair genie van mijn vrouw onderwerpen. Het schaadt mij niet.'
Vledder verschoof iets in zijn fauteuil. Het lege gebabbel irriteer-

de hem bovenmate. Hij kwam liefst direct terzake. Zijn wat ongedurige natuur hield niet van omwegen.
'Hebt u zich al,' vroeg hij geprikkeld, 'de vraag gesteld, waarvoor wij u zijn komen bezoeken?'
Pierre Brassel keek hem aan, verstrooid, alsof de interruptie hem niet welgevallig was.
'U zegt?'
Over het gezicht van Vledder vloog een lichte blos. De onuitgesproken terechtwijzing prikkelde hem nog meer. Hij schoof vooruit naar het randje van zijn fauteuil.
'Weet u waarvoor wij zijn gekomen?'
Brassel knikte bedaard.
'Dat lijkt mij nogal duidelijk,' verzuchtte hij. 'De vrij plotselinge dood van Jan Brets in Het Wapen van Groenland zit u dwars. Beroepshalve, bedoel ik, want ik neem niet aan dat u er persoonlijk door getroffen bent. Uw onderzoek in deze zaak heeft tot nu maar weinig positieve resultaten opgeleverd. U hebt te weinig aanknopingspunten en door mijn briefje, maar misschien nog meer door mijn bezoek aan uw politiebureau, hebt u het gerechtvaardigd vermoeden gekregen dat ik u de dader van de moord zou kunnen noemen.'
Zijn toon was puur zakelijk, als besprak hij de resultaten van een proefbalans.
'Is het zo niet?'
Vledder hapte naar lucht.
'Zo, zo is het,' stamelde hij, 'ja, precies, zo is het inderdaad.'
De Cock genoot heimelijk. Hij glimlachte achter zijn hand. Het gezicht van de verblufte Vledder was beslist koddig om te zien.
Mevrouw Brassel kwam binnen en serveerde koffie. Ze had zich intussen ook verkleed. Ze droeg nu een eenvoudige japon van een zwartwollen stof, die verleidelijk contrasteerde met de matbleke huid.
Bij de koffie presenteerde ze een croquant gebak van eigen makelij dat De Cock noopte tot een compliment.
'Heerlijk,' riep hij verrukt, 'bijzonder lekker. Ik heb zo iets nog nooit geproefd. Mijn vrouw zou dit recept moeten kennen.'
Ze schonk hem een lieve glimlach.
'Ik zal het haar geven,' zei ze haast fluisterend. 'Van de week

nog.'
De toon van geheimzinnigheid in haar stem deed De Cock opkijken. Hij fronste zijn wenkbrauwen.
'Van de week nog?'
Pierre Brassel kwam haastig tussenbeide.
'Het is een kwestie van traditie,' zei hij overluid en nadrukkelijk. 'Mijn vrouw stamt uit een oudduits geslacht. De bijzondere recepten uit de familie zijn steeds van moeder op dochter overgegaan.'
De Cock knikte prijzend.
'Een traditie,' zei hij, 'beslist waard om in leven te worden gehouden.'
Mevrouw Brassel bracht een droeve glimlach.
'Er zijn in onze familie ook tradities . . .'
Plotseling stokte ze. Er blonk een waarschuwing in de ogen van haar man, een waarschuwing die ook De Cock niet ontging.
Hij keek haar onderzoekend aan.
'Wat voor tradities, mevrouw Brassel?'
Ze blikte naar haar man en zuchtte.
'. . .die . . . eh, minder onschuldig zijn.'
Brassel lachte, een lach zonder vreugde.
'Mijn vrouw doelt waarschijnlijk op een paar boertige gebruiken die vermoedelijk nog uit de middeleeuwen stammen. Niet waar, Liselotte?'
Ze liet het hoofd iets zakken en knikte.
Pierre Brassel stuwde het gesprek onmiddellijk in een andere richting. Op een of andere manier scheen hij bang te zijn voor de uitlatingen van zijn vrouw. Wanneer zij sprak hield hij haar nauwlettend in het oog, volgde gespannen haar woorden. Het was duidelijk dat hij liefst het initiatief aan zich hield.
Hij wendde zich tot De Cock.
'U hebt,' vroeg hij belangstellend, 'bij uw onderzoek nog geen fouten achteraf kunnen vinden?'
De Cock haalde zijn schouders op.
'Dat is nu nog zo moeilijk te zeggen,' antwoordde hij bedachtzaam. 'Er zullen bij de moord op Jan Brets beslist wel fouten zijn gemaakt. Ik geloof niet in een perfecte moord. Ik moet echter bekennen dat ik nog geen fouten heb ontdekt.'
Brassel glunderde.

‘Hetgeen,’ vulde Vledder haastig aan, ‘overigens niets zegt. Dat wij nog geen fouten hebben gevonden, betekent niet dat ze er niet zijn.’
Brassel schudde zijn hoofd en lachte. Het was een laatdunkend, wat vernederend lachje. Het klonk niet prettig. Hij bracht opnieuw zijn lange smalle vingers naar voren en liet de vingertoppen tegen elkaar rusten.
‘U hebt beiden,’ sprak hij met een neerbuigende vertedering, ‘een wat vreemde manier van redeneren. In uw betoog ontbreekt de logica.’ Hij gebaarde voor zich uit.
‘Fouten,’ expliceerde hij, ‘zijn eerst *dan* fouten, wanneer ze *ontdekt* worden. Begrijpt u. Eerder bestaan ze niet. Ze worden eerst geboren op het moment van de ontdekking. Onontdekte fouten hebben geen realiteit.’
Hij wachtte even en grinnikte.
‘Ik hoop, dat de heren mij kunnen volgen?’
De Cock klemde zijn lippen op elkaar. Het hautaine gedoe van Brassel kietelde zijn zenuwen.
‘Voor mij,’ antwoordde hij grimmig, ‘is er maar één realiteit, de moord op Jan Brets.’
Hij strekte zijn arm in de richting van Brassel.
‘En over logica gesproken, hoe kan een verstandig man, een rustig en gedegen burger met een lieve charmante vrouw, twee jonge kinderen en een goede positie, zo roekeloos spelen met twintig jaar van zijn leven?’
Brassel snoof.
‘Twintig jaar, waarvoor?’
De Cock keek hem doordringend aan.
‘Moord,’ zei hij effen.
Brassel reageerde heftig.
‘In Nederland, twintig jaar, voor een moord?’
Hij lachte smadelijk.
‘Bespottelijk, en dat weet u. Er is hier geen rechter die u twintig jaar geeft, al moordt u een heel dorp uit.’
Hij pauzeerde even en zuchtte diep.
‘Bovendien, *ik* heb geen moord gepleegd.’
De Cock grijnsde breed.
‘Er bestaat ook nog zoiets als medeplichtigheid.’

Brassel kwam met een ruk overeind.
'Medeplichtigheid, medeplichtigheid?'
Hij liep met grote passen naar zijn boekenkast. Zijn anders wat bleek gezicht zag rood van emotie.
'Hier,' riep hij wijzend naar een rijtje kapitale boeken in linnen band, 'hier het hele Wetboek van Strafrecht en al de jurisprudentie van de laatste honderd jaar. Ik heb dit doorgeworsteld. Nauwkeurig, geloof me, woord voor woord. Ik heb mij laten voorlichten door de beste advocaten in het land.'
Hij stak zijn vinger naar De Cock uit.
'Indien u uit mijn gedragingen inzake de moord op Jan Brets medeplichtigheid kunt distilleren, dan bent u knapper dan alle openbare aanklagers en rechters van deze eeuw.'
De Cock, niet in het minst geïmponeerd, haalde zijn schouders op.
'Ik ben geen openbaar aanklager of rechter,' zei hij zo nonchalant mogelijk. 'Ik behoef als eenvoudig rechercheur uw medeplichtigheid niet te bewijzen. Ik heb aan een simpel *vermoeden* al genoeg om u vast te houden.' Hij maakte een grimas. 'Over de *redelijkheid* van een dergelijke arrestatie zouden we achteraf kunnen discussiëren.'
Brassel raakte zichtbaar opgewonden.
'Ik ken uw bevoegdheden,' riep hij met schelle stem. 'U kunt mij niet arresteren. U kunt tegen mij niets ondernemen. U hebt daar het recht niet toe.'
De Cock keek hem spottend aan.
'U verdoezelt voor mij een moordenaar, en spreekt over recht?' Hij schudde verwijtend het hoofd.
'Heer Brassel . . .' hij sprak langzaam met een dreigende ondertoon, 'begrijp toch goed, u kunt uw vermakelijke moordspelletje met mij alleen spelen, omdat u vertrouwen stelt in mijn eerlijkheid als mens en mijn betrouwbaarheid als handhaver van de wet. Ik moet zeggen, het is bijzonder vleiend. Het houdt voor *mij* een compliment in. Maar voor u is het de enige basis van uw vrijheid.'
Brassel keek De Cock argwanend aan.
'Ik begrijp u niet,' zei hij traag. 'Uw eerlijkheid . . . mijn vrijheid?'
De Cock knikte nadrukkelijk.
'Als u het wetboek goed hebt doorgelezen, dan weet u dat op u de

verplichting rustte om Brets vooraf, op een of andere manier te waarschuwen dat hij zou worden vermoord.'
Brassel glimlachte fijntjes.
'Dat heb ik ook gedaan,' zei hij zelfverzekerd. 'Ik schreef een briefje. U zult het ongetwijfeld hebben gevonden, onder het lijk.'
De Cock keek hem quasi-verwonderd aan.
'Een briefje?'
'Ja, een waarschuwingsbriefje.'
De Cock trok een gezicht van onbegrip.
'Ik heb het niet gevonden,' loog hij pertinent. 'Ik heb een dergelijk briefje nooit gezien.'
Brassel keek hem verbaasd aan.
'Dat moet.'
De Cock maakte een hulpeloos gebaartje.
'Het spijt me,' sprak hij verontschuldigend. 'Het was er niet. Ik vrees dat zo'n briefje alleen maar in uw fantasie bestaat. Ik moet dus aannemen dat u Brets niet hebt gewaarschuwd, terwijl u wist dat zijn leven werd bedreigd. Ik heb geen andere keus. Het is een strafbare nalatigheid.'
Voor het eerst verloor Brassel iets van zijn zelfbeheersing. Hij ging wijdbeens voor De Cock staan. Zijn handen trilden en op zijn wangen lagen rode blosjes.
'U hebt het gevonden,' schreeuwde hij. 'U hebt het gevonden.' Hij herhaalde het, nadrukkelijk, als een schoolmeester voor een domme klas. Zijn stem bulderde door de kamer. De Cock bleef rustig zitten. Hij streek met zijn hand langs zijn breed gezicht en keek vanuit zijn fauteuil omhoog langs de lange gestalte voor hem.
'Wat is er Brassel?' zei hij sarcastisch. 'Voelt u zich niet goed?'
Brassel gebaarde woest om zich heen.
'Dat is vals,' riep hij fel, 'laag, gemeen, leugenachtig. U hebt het briefje. Natuurlijk hebt u het. U hebt het gevonden onder het dode lichaam van die Brets. Het kan niet anders. Ik heb het geschreven en Fre . . .' Hij stokte plotseling, slikte het laatste woord half in en keek geschrokken voor zich uit.
De rode blosjes van opwinding waren verdwenen. Alle kleur was uit zijn gezicht weggetrokken. Hij zag ineens lijkbleek. Ook mevrouw Brassel leek hevig geschrokken. Ze herstelde zich sneller dan haar man. 'Ik geloof dat ik u begrijp, meneer De Cock,' zei ze

zacht. 'U wilt mijn man alleen maar bang maken. Is het niet? U hebt het briefje *wel* gevonden.'
Ze sprak zoet vleiend, haast smekend.
'U wilt hem alleen duidelijk maken dat u zou *kunnen* zeggen dat er *geen* briefje lag, dat er dus geen waarschuwing was gegeven.'
Ze zuchtte diep. 'Dat zou u kunnen zeggen als u een oneerlijk mens was.'
Op dat moment ging de deur van de kamer langzaam open en een schattig meisje van een jaar of zes kwam aarzelend binnen. Ze droeg een lichtblauw pyjamaatje en langs haar hoofdje hingen lange pijpekrullen als kurketrekkers naar beneden.
Ze wreef met beide handjes langs haar ogen.
'Ich kann nicht schlafen,' zei ze zacht jengelend, 'soviel Lärm.'
Mevrouw Brassel sprong op, pakte het meiske bij de hand en nam haar sussend mee de kamer uit.
Het kleine intermezzo had Pierre Brassel de gelegenheid gegeven zich grotendeels te herstellen. Hij was weer in zijn fauteuil gaan zitten. Langzaam kwam wat kleur op zijn wangen terug.
Hij streek met de rug van zijn hand langs zijn voorhoofd. 'Het arme kind moet van mijn wilde geschreeuw wakker zijn geworden,' zei hij met een zucht. 'U hebt mij waarachtig ook wel laten schrikken.'
De Cock negeerde de opermking.
'Uw kind?' vroeg hij.
Brassel schudde het hoofd.
'Nee,' zei hij, 'de kleine Ingrid is geen kind van mij. Ze is het jongste dochtertje van de broer van mijn vrouw. Een kind dus van mijn zwager. Ze logeert tijdelijk bij ons. Het is een wat nerveus kind. Erg gevoelig voor sfeer en indrukken uit haar omgeving.'
Hij glimlachte wat vermoeid.
'Mijn kinderen zijn anders. Minder kwetsbaar. Die slapen door alles heen, al vergaat de wereld.'
Na een paar minuten kwam mevrouw Brassel in de kamer terug. Ze hield de wijsvinger voor haar lippen.
'Ingrid slaapt weer,' zei ze. 'Laten we wat rustiger zijn. Het kind is zo gauw wakker.'
Ze wendde zich tot De Cock.
'Het probleem van het waarschuwingsbriefje is inmiddels opge-

lost, hoop ik?'
De Cock knikte.
'Ik heb het gevonden,' antwoordde hij glimlachend. 'Het lag inderdaad onder het lijk van Jan Brets, precies zoals uw man veronderstelde.'
Ze slaakte een zucht van verlichting.
'Mag ik dan nog eens koffie inschenken?'
Vledder en De Cock knikten als een tweeling.
'En jij Pierre?'
De heer Brassel keek verward op.
'Wat?'
'Nog koffie?'
'Koffie . . .? O ja, dat is goed.'
De Cock grijnsde.
'Verstrooid, heer Brassel? Waar was u met uw gedachten? Op het veld?'
Brassel keek hem niet begrijpend aan.
'Op het veld?'
De Cock knikte opgewekt.
'Ja, op het veld. Het is toch nog niet zo lang geleden dat u als midvoor van het hockey-elftal van Quick successen boekte?'
Hij krabde zich wat verlegen achterin de nek.
'U was, meen ik, vooral befaamd om uw slag- of sticktechniek.'
Hij grinnikte als een schooljongen.
'Of zeg ik dat zo verkeerd? Ik ben namelijk geen expert in hockey.'

16

Met een gezapige vaart van zo rond de vijftig kilometer chauffeerde Vledder hun oude trouwe politie-Volkswagen langs de Amstel terug naar Amsterdam. De rivier was breed, breder dan normaal. Het water spatte tot op het asfalt van de weg. Een felle, gierende wind tooide de golven met witte kuiven. Het was bijna angstaanjagend. Donkere wolken joegen langs de hemel, verduisterden het

maanlicht. Het eenzame buitenhuis met de vier windwijzers leek een verlaten spookkasteel.
De Cock had voor dat alles geen oog. Hij zat naast Vledder, diep onderuitgezakt. Hij had zijn oude hoed tot op zijn neus geschoven en geeuwde ongegeneerd.
'Ik heb slaap,' zei hij tussen twee geeuwen door. 'We gaan nog even terug naar de Warmoesstraat om te horen of er wat is. Dan gaan we naar huis.'
Vledder knikte langzaam. Hij tuurde gespannen door de voorruit. Het licht van de koplampen streek over het wilde water van de Amstel. 'Ik heb net het gevoel,' zei hij somber, 'dat er weer een moord in de lucht hangt.'
De Cock kreunde van onder zijn hoed.
'Ik heb voorlopig aan één moord meer dan genoeg. Zeg maar tegen je gevoel dat het niet door kan gaan.'
Vledder lachte.
'Was Pierre Brassel werkelijk een hockeyspeler?' vroeg hij na een poosje.
'Ja Dick, en een goeie.'
'En die stick, ik bedoel de stick waarmee Jan Brets werd vermoord, was dat de hockeystick van Brassel?'
De Cock knikte.
'Inderdaad van onze vriend Brassel. De schrandere luitjes van het laboratorium hebben ergens nog vagelijk de initialen P.B. in het hout van de hockeystick kunnen terugvinden. Ze schijnen er jaren geleden met een potlood te zijn ingekrast. Over het plasticband en de schijfjes lood waarmee de stick aan de onderzijde was verzwaard, heb ik nog geen uitsluitsel. Ik heb begrepen dat er weinig van te zeggen valt. Misschien dat ze de herkomst nog kunnen achterhalen. Maar eerlijk gezegd vind ik dat niet zo belangrijk.'
Vledder zuchtte diep.
'Ik begrijp er geen steek van,' zei hij geprikkeld, 'waarom toch dat alles? Brassel speelt met vuur. Als hij door zijn bezoek aan ons geen onweerlegbaar alibi had, zat hij al lang achter slot en grendel. En het zou mij dan niet eens hebben verbaasd, wanneer hij uiteindelijk voor de moord op Jan Brets zou zijn veroordeeld. Denk eens aan al de aanwijzingen die wij naar voren hadden kunnen brengen.'

Hij glimlachte zachtjes voor zich uit.
'Van al die aanwijzingen blijft nu bitter weinig over. Op het moment dat de moord werd gepleegd was hij bij ons. Dat valt niet te ontkennen. We kunnen het tijdstip van de moord moeilijk een uurtje verschuiven.' De Cock lachte. Hij schoof zijn hoedje iets naar achteren en hees zich moeizaam overeind.
'Weet je Dick,' zei hij aarzelend, 'dat briefje dat hij ons schreef, dat malle briefje met een verzoek om een afspraak, had volgens mij alleen maar ten doel zichzelf een waterdicht alibi te verschaffen voor een moord, waarvan hij wist dat hij zou worden gepleegd; sterker nog, voor een moord, die hij heeft helpen voorbereiden.'
Hij draaide zich naar Vledder toe.
'Kijk Dick, en juist dat laatste begrijp ik niet. In feite zit dat mij het meest dwars.'
'Hoezo?'
'Zie je Dick,' ging hij verder, 'het feit, dat Pierre Brassel blijkbaar vrijwillig aan de voorbereidingen heeft deelgenomen, betekent, *dat hij er mee akkoord ging*. Hij had althans geen overwegende bezwaren. Hij hield de werkelijke moordenaar niet tegen, nee, hij reikte hem zelfs de helpende hand.
Waarom pleegt men een moord? Ik bedoel, een weloverwogen, tot in de details voorbereide moord?
Hij stak zijn hand omhoog en telde op zijn vingers. 'Hebzucht, wraak, jaloezie, angst, chantage.'
Hij schudde zijn hoofd.
'Voor zover ik het kan bekijken, zijn geen van deze motieven haalbaar. Ga maar na. Jan Brets was zo arm als een kerkmuis. Hij woonde nog bij zijn moeder in en we hebben zelf gezien hoe schamel het oude mens er in Utrecht bij zat. Verder is van enige relatie Brassel-Brets uit het verleden niets gebleken. Voordat Pierre Brassel de inbreker Brets benaderde voor die zogenaamde inbraak bij Van Brunssum, kenden zij elkaar niet. En dit benaderen moeten we in feite al zien als een voorbereidingshandeling tot de moord. Het eigenlijke motief valt hier dus buiten, of beter gezegd, ging hier al aan vooraf.'
Vledder keek glunderend opzij.
'Goed, heel goed,' riep hij enthousiast. 'Je kunt er nog wat van. Je

bent het echt nog niet verleerd. Het is een glasheldere redenering en volkomen logisch.'
Hij grinnikte.
'Ik vond je optreden vanavond bij Brassel ook steengoed. Dat kleine leugentje van jou over het niet vinden van het waarschuwingsbriefje bracht hem volmaakt uit zijn evenwicht.'
De Cock glimlachte bij de herinnering.
'Ja,' zei hij peinzend, 'Pierre Brassel was wel even zijn pose kwijt. Eerlijk gezegd verbaasde zijn reactie mij een beetje. Ik had gedacht dat zijn positie sterker was.'
'Wat bedoel je?'
De Cock zuchtte.
'Ik dacht dat hij minder kwetsbaar was.'
Vledder knikte.
'Wat denk je, zouden we hem op den duur iets kunnen maken?'
'Ik hoop van niet.'
'Wat?'
De Cock schudde zijn hoofd.
'Nee, echt,' zei hij ernstig. 'Ik meen het. Ik hoop niet dat wij hem een of andere misdaad kunnen aanmeten. Het zou mij spijten. Ik vind hem namelijk een sympathieke kerel.'
Vledder reed van verbazing haast van de weg af.
'Brassel,' herhaalde hij schamper, 'een sympathieke kerel? Die hautaine meneer die ons op allerlei manieren probeert belachelijk te maken? Je bent niet goed bij je hoofd. Als het spelletje dat hij met ons speelt, algemeen bekend wordt, blijft er van jouw reputatie niet veel meer over.'
De Cock haalde zijn schouders op.
'Och,' zei hij met een matte glimlach, 'mijn reputatie kan wel een stootje hebben. Daar ben ik niet zo bang voor. Bovendien is dat minder belangrijk.'
Hij wreef met zijn hand over zijn gezicht.
'Zie je, ik had vanavond medelijden met Brassel. Ik heb goed op op hem gelet. Er was meer angst dan branie. De schijnbaar zo hooghartige Brassel is in feite doodsbang dat er iets is fout gegaan. Hij is onzeker. Ondanks zijn zorgvuldige voorbereidingen en zijn studie van het strafrecht, vreest hij dat wij hem iets ten laste kunnen leggen. Denk maar eens aan zijn felle reactie, toen ik

van medeplichtigheid sprak.'
Vledder knikte.
'Dat is wel waar. Maar het is voor mij toch geen reden om hem sympathiek te vinden.'
Hij stuurde het politiewagentje rond het monument op de Dam de oude Warmoesstraat in en stopte voor het bureau.
De brigadier-wachtcommandant keek verstoord van zijn dienstboek op, toen Vledder en De Cock voor de balie verschenen.
'Verrek,' riep hij, 'waar zaten jullie?'
De Cock keek hem niet begrijpend aan.
'Hoezo Brigges?'
'Ik heb jullie overal proberen te bereiken. Ik zit hier al een paar uur met een kerel en ik weet niet wat ik met hem doen moet.'
'Een kerel?'
'Ja, ene Freddy van Blaakeren. Hij is hier vanavond uit zichzelf komen binnenwandelen.'

De Cock liet zijn blik even over de jongeman dwalen. Toen wees hij uitnodigend naar de stoel naast zijn bureau.
'Gaat u zitten,' zei hij innemend. 'Wat verschaft ons het genoegen van uw komst?'
Freddy van Blaakeren keek de grijze rechercheur verwonderd aan. 'Genoegen, u zocht mij toch?'
De Cock grijnsde vriendelijk.
'Ik wilde eens met u babbelen, bij voorbeeld over uw vriend Jan Brets, en zijn nogal plotselinge dood. Vanmiddag had u blijkbaar geen tijd voor ons. U scheen nogal gehaast.'
De jongeman knikte langzaam.
'Ik had niet moeten weglopen,' zei hij met een zucht. 'Dat was dom. Erg dom. Ik heb dat later beseft. Daarom ben ik vanavond ook gekomen. Ik wilde de verkeerde indruk, die ik door mijn vlucht heb gewekt, wegnemen. Ik heb met de moord op Jan Brets niets te maken.'
De Cock plooide zijn gezicht in een uitdrukking van verbazing. 'Maar u hebt toch, nog wel in het bijzijn van meerdere getuigen luidkeels geroepen dat u hem de hersenen zou inslaan?'
Freddy van Blaakeren liet het hoofd iets hangen en knikte nauwelijks merkbaar.

'Dat heb ik,' zei hij toonloos. 'Maar . . .'
'Wel,' ging De Cock onderbrekend verder, 'diezelfde dag, een paar uur later, was Jan Brets dood, vermoord. Iemand had hem zijn schedeldak ingeslagen. Een merkwaardige coïncidentie, vindt u niet?'
Van Blaakeren schudde het hoofd.
'Ik heb het niet gedaan,' zei hij simpel.
De Cock negeerde de opmerking.
'O,' zei hij breed gebarend, 'en zo zijn er nog een paar, laat ik zeggen, merkwaardigheden. Ik zal ze u noemen.'
Van Blaakeren sprong op.
'Nee,' riep hij fel. 'Ik heb het niet gedaan.'
De Cock legde zijn hand op de schouder van de jongeman en drukte hem zachtjes op zijn stoel terug.
'U zult luisteren,' zei hij streng, 'naar hetgeen ik u te zeggen heb, meneer Van Blaakeren, of wilt u niet horen, waarom ik u vanmiddag had kunnen arresteren, wanneer u niet zo snelvoetig was geweest?'
De jongeman slikte. Zijn adamsappel wipte op en neer.
'Gaat u gang,' zei hij zacht.
De Cock streek met zijn hand door zijn grijze haar.
'Er waren, meneer Van Blaakeren, slechts een paar mensen die wisten dat Jan Brets in het hotel Het Wapen van Groenland verbleef. En tot die weinigen behoorde u. U was lid van het zogenaamde syndicaat. U wist dat Jan Brets in Amsterdam was voor het treffen van voorbereidingen. U wist dus waar u hem in uw moordzucht kon bereiken.'
Hij gebaarde voor zich uit. 'In het licht van de door u geuite bedreigingen, geen punt in uw voordeel. Bovendien had u een motief.'
De jongeman keek verschrikt op.
'Een motief?'
De Cock knikte nadrukkelijk.
'Jaloezie, u was jaloers op Jan Brets in verband met de interesse die Cynthia in hem stelde, een sterk motief voor moord.'
Hij pauzeerde even.
'En dan nog iets, meneer Van Blaakeren. Het lichaam van Jan Brets werd gelegd in een houding die sterk aan een harlekijn deed

denken en u was de enige die hem een pias of een clown noemde.'
De Cock schoof zijn onderlip iets naar voren.
'Wat denkt u,' vroeg hij met een zweem van sarcasme, 'zou u met al die aanwijzingen bij een rechtbank nog kans maken op vrijspraak?'
Van Blaakeren schudde heftig het hoofd.
'Ik heb het niet gedaan,' riep hij uit. 'Het is allemaal vals, vals, vals.'
De Cock zuchtte.
'Hoelang kende u Pierre Brassel al?'
'Brassel?'
'Ja.'
'Ik ken hem niet.'
De Cock keek hem onderzoekend aan. Even twinkelde er een vervaarlijk vuur in zijn ogen.
'Dat moet,' zei hij scherp.
Van Blaakeren sloeg beide handen voor zijn gezicht.
'Ik ken hem niet. Ik ken hem niet.'
In zijn stem klonk wanhoop.
'Heeft Brets je niet aan hem voorgesteld?'
'Nee, ik heb die Brassel nooit ontmoet. Jan heeft mij van hem verteld. Dat wel. Hij zou de man zijn achter de schermen. De organisator, de tipgever.'
De Cock knikte.
'Wanneer zou operatie Harlekijn worden uitgevoerd?'
Van Blaakeren keek hem wat dom aan.
'Operatie Harlekijn?' 'Ja.'
'Dat . . ., dat weet ik niet. Ik heb nooit van een operatie Harlekijn gehoord.'
De Cock trok zijn wenkbrauwen omhoog.
'Maar waarvoor,' riep hij kriegel, 'had Jan Brets jou dan nodig?'
'Voor de handel, als er iets afgestoten moest worden. Ik heb relaties, relaties, die kopen en niet vragen. Jan wist dat. Ik had wel eens spulletjes voor hem verpatst.'
Hij keek De Cock trouwhartig aan.
'Ziet u, ik ben niet nieuwsgierig. Vroeger wel, maar dat ben ik vergeten. Ik vraag nooit meer wat. Het is als snees[2] niet goed als

[2]heler.

je van de hoed en de rand weet. Geloof me, ik weet liever niets, dan kan ik mijn mond ook niet voorbijpraten.'
De Cock glimlachte.
'Maar,' probeerde hij nog, 'Jan Brets kwam regelmatig bij jullie op bezoek.'
Freddy plooide zijn gezicht in een droeve grijns.
'Niet voor mij, niet voor zaken, maar voor Cynthia. Die schoft. Hij wist dat ik al twee jaar met het kind was verloofd en trouwplannen had.'
Hij wachtte even en haalde zijn schouders op.
'Je mag niemand zo'n dood wensen, je ergste vijand niet. Maar Jan Brets kwam het toe. Hij vroeg er eenvoudig om. Ik weet niet wie hem nu te pakken heeft gehad, ik bezweer het u, ik weet het niet. Maar het was toch gebeurd, vandaag of morgen.'
De Cock knikte. Daarna stond hij langzaam van zijn stoel op en liep naar de kapstok.
'Kom,' zei hij, 'we gaan?'
Vledder keek hem verbaasd aan.
'*We* gaan?'
De Cock knikte.
'Trek je jas aan en neem Freddy bij de arm.'
Ze verlieten de recherchekamer en liepen door de lange gang naar de trap. Beneden groetten ze de wachtcommandant en stapten het bureau uit. Via de Oudebrugsteeg liepen ze naar het Damrak. Daar bleef De Cock staan.
'Breng Freddy,' gebood hij, 'naar hotel Dupont en zeg tegen de eigenaar dat het goed is.'
'En jij?'
De Cock glimlachte vermoeid.
'Ik ga naar huis. Te voet. Ik geloof dat ik behoefte heb aan wat frisse lucht.'
Hij wuifde en liep van hem weg.
Vledder en Van Blaakeren keken hem na.
Over het brede trottoir slenterde hij in de richting van de Dam, slordig, als een boemelaar, half waggelend met zijn oude hoed nonchalant achterop zijn hoofd.
Hij keek niet om.

17

De Cock beende door de recherchekamer. Hij was helemaal uit zijn humeur. Zijn gezicht leek een donderwolk. Het was negen uur en er was nog geen koffie.

De schuldige was de nog jonge rechercheur Bonnemaijers. Hij had die morgen volgens het dienstrooster voor de koffie moeten zorgen, maar hij had de melding van een inbraak en het verhoor van een jonge vrouw belangrijker gevonden. Zo iets was in de ogen van De Cock onvergeeflijk. Er was volgens hem bij de politie niets dat koffie in belangrijkheid kon overtreffen. Daarom schold hij de arme Bonnemaijers de huid vol en zei dat hij als rechercheur nog veel moest leren; bij voorbeeld het zetten van koffie, wat er ook gebeurde, al brandde op de Dam het Koninklijk Paleis af.

Midden in een daverende volzin, waarin hij nogmaals zijn misnoegen uitte, rinkelde de telefoon. De Cock nam met een woest gebaar de hoorn op en vertelde snauwerig dat met de recherche werd gesproken.

Hij veranderde echter onmiddellijk van toon, toen hij hoorde met wie hij verbinding had.

'Goedemorgen, mevrouw Brassel. Wat verschaft mij het genoegen? Een afspraak? Maar natuurlijk. Onmiddellijk, om tien uur, zeker. Waar? Hier? O, liever niet op een politiebureau, goed, waar dan? Wat zegt u? Het restaurant in de hal van het Amstelstation, ja, dat ken ik, goed, tien uur, fijn, tot dan, mevrouw Brassel.'

Hij legde zachtjes de hoorn op het toestel terug en krabde zich eens in de nek. Wat wilde de knappe vrouw van Brassel? Waarom die afspraak op neutraal terrein? De mogelijkheid dat ze gisteravond, na de eerste kennismaking direct al verliefd op hem was geworden, verwierp hij na ampele overwegingen. Het kon niet. Zijn eigen vrouw – toch al toegevend van aard – was pas na jaren iets in zijn goedhartige bokserskop gaan zien. Nee, verzuchtte hij, het zou allemaal wel puur zakelijk zijn. Enfin, in het restaurant zouden ze in ieder geval wel verse koffie hebben.

Hij sloot de lade van zijn bureau af, wierp nog een vernietigende

blik in de richting van de arme Bonnemaijers en trok zijn jas aan. Mokkend verliet hij de recherchekamer.
Beneden in de gang zag hij de oude commissaris juist het politiebureau binnenstappen. De Cock trok snel de kraag van zijn jas omhoog en trachtte vlug via de achteruitgang te ontkomen. Het lukte niet.
'De Cock!'
Het klonk luid en dwingend.
De Cock draaide zich langzaam om, plooide zijn gezicht in een vriendelijke grijns en liep schoorvoetend terug naar zijn chef.
'Goedemorgen meneer.'
De commissaris lichtte zijn hoed.
'Goedemorgen De Cock,' zei hij opgewekt, 'ga even mee naar boven naar mijn kamer.'
De Cock wreef met zijn hand langs zijn kin.
'Ikke . . ., ik heb nog een belangrijke afspraak om tien uur,' probeerde hij.
De commissaris keek op zijn horloge.
'O,' lachte hij, 'nog tijd genoeg.'
Voor zijn leeftijd wipte hij nog vlug de trap op.
De Cock ging zuchtend achter hem aan.
De commissaris smeet zijn zware aktentas op het tafeltje. Met zijn jas nog aan ging hij achter zijn bureau zitten en strekte zijn arm naar De Cock uit.
'Geef me jouw rapport,' zei hij in volle ernst, 'dan kunnen we dat eerst nog even samen doornemen.'
De Cock slikte.
'Rapport, welk rapport?'
De commissaris fronste zijn stoppelige wenkbrauwen.
'Ik meen,' zei hij wat kriegelig, 'dat we dat hadden afgesproken. Ik zou van jou of van de jonge Vledder een uitvoerig rapport krijgen over de moord in Het Wapen van Groenland.
De Cock boog het hoofd.
'Dat is waar,' zei hij timide. 'U hebt gelijk. Maar ik heb het nog niet. We hebben er nog geen tijd voor gehad. Bovendien is er feitelijk niets om "uitvoerig" over te rapporteren. Jan Brets is in Het Wapen van Groenland met een verzwaarde hockeystick neergeslagen. Dat staat allemaal al in dat eerste rapport dat Vledder

en ik opmaakten.'
Hij haalde zijn schouders op.
'Daar valt niet veel meer aan toe te voegen.'
De commissaris stond vertoornd op.
'Ik wil een uitvoerig rapport.'
De Cock maakte een verontschuldigend gebaartje.
'En ik heb het niet.'
'Dan maak je het.'
'Ik heb nu een afspraak.'
Het gezicht van de commissaris liep rood aan.
'Ik wil,' riep hij woedend, 'hoe dan ook, vandaag nog van jou een gedetailleerd rapport over de moord op Jan Brets. Begrepen?'
De Cock, die vanwege de koffie toch al uit zijn humeur was, onderdrukte met moeite een serie ongepaste opmerkingen. Hij zuchtte diep, beet daarna op zijn onderlip en vroeg beleefd-spottend of de commissaris verder-nog-iets-van-zijn-orders-had.'
Wel, dat had de commissaris. De directie van Het hotel Het Wapen van Groenland had hem al herhaaldelijk gevraagd wanneer de verzegeling van kamer eenentwintig nu eens eindelijk werd opgeheven.
Het duurde nu al twee dagen. Het werd een schadepost.
De Cock bedwong zich niet langer.
'Verdomme nog aan toe,' ontplofte hij, 'het is alles bij elkaar nog geen achtenveertig uur geleden dat Jan Brets werd vermoord en nu al jankt een hotel over een verzegelde kamer en zeurt een commissaris over een onnozel rapport. Het valt me waarachtig mee dat er nog geen vragen in de Kamer zijn gesteld.'
De commissaris brulde één woord.
'Eruit!!!'
De Cock ging.

De koffie in het restaurant in de grote hal van het Amstelstation verzoende hem weer een beetje met zijn lot. De dag was slecht begonnen, vond hij. Als het zo doorging, kon hij vandaag nog wat beleven. Enfin, zo was het leven van een rechercheur, je wist nooit wat er boven je hoofd hing.
Hij dacht aan het onderhoud met zijn chef. Een uitvoerig rapport. Hij grijnsde voor zich uit. Met het schrijven van rapporten loste je

geen moord op. Het verslond alleen zeeën van tijd. De commissaris moest dat weten. Hij stak kalm een sigaret op, bestelde een tweede kop koffie en wachtte gelaten op de komst van de vrouw van Pierre Brassel. Hij schoof zijn stoeltje iets naar achteren en keek op zijn gemak rond. Hij had een strategische positie ingenomen. Vanaf de plaats waar hij zat kon hij het hele restaurant overzien. Er waren niet veel mensen. Hier en daar een enkele reiziger, voor het merendeel mannen. De meeste tafeltjes waren onbezet.

Ze was mooi op tijd, mevrouw Brassel. Een paar minuten over tienen stapte ze binnen; een bijzonder knappe vrouw met opvallend blond haar, gekleed in een zwarte persianer. Haar verschijning trok de onmiddellijke aandacht van de weinige bezoekers. Het was alsof plotseling een 'adem zucht' door het lokaal blies. Het ging gepaard met een ondefinieerbaar soort geritsel.
Ze liet haar blik rustig door het restaurant dwalen en toen ze hem in het oog kreeg, stapte ze resoluut op hem af. Een vastberaden trek om haar mond.
De Cock bewonderde de haast katachtige soepelheid van haar lichaam en onderging de gratie waarmee zij zich voortbewoog. Ze had iets van een panter, dacht hij, met ingehouden klauwen.
De Cock was ervan overtuigd dat zij de vrouw was met het Duitse accent, die getracht had Jan Brets nog kort voor zijn dood te bereiken. Had ze hem willen waarschuwen? Wat wist ze?
Hij stond langzaam op.
'Goedemorgen, mevrouw Brassel.'
'Goedemorgen rechercheur.'
Hij hielp haar bij het uitdoen van haar mantel en schoof galant haar stoel bij. Een zoete geur van parfum steeg uit haar blonde haren.
'Koffie?'
'Graag.'
De Cock bestelde aan de toegelopen kelner. Het werd zijn derde kop. Hij ging rustig glimlachend tegenover haar zitten en keek haar een lange tijd onbeschaamd onderzoekend aan. Ze trotseerde zijn blik.
'U bent een knappe vrouw,' zei hij na een poosje, 'ja, inderdaad,

een bijzonder knappe vrouw.' Het klonk volkomen ambtelijk, als stelde hij een feit vast.
'Het schijnt nu eenmaal het noodlot van mooie vrouwen, dat ze gemakkelijk in moeilijkheden raken. Ik vraag mij soms af; is dat alleen het gevolg van hun schoonheid of is er toch nog iets anders?'
Ze glimlachte.
'Ik zou me er maar niet in verdiepen.'
De kelner bracht de bestelde koffie.
Een tijdje zwegen beiden.
De Cock roerde peinzend in zijn kopje en staarde onderwijl naar haar rechterhand die losjes op het tafeltje leunde. De hand trilde een beetje. 'Ik neem aan,' zei hij zo achteloos mogelijk, 'dat uw man u heeft gestuurd.'
'Nee!'
Het klonk zo fel, dat De Cock onmiddellijk opkeek.
'Nee,' herhaalde ze, 'ik kom uit mijzelf. Mijn man weet hier niets van. Hij is naar kantoor. Ik heb snel een oppas voor de kinderen gezocht.'
Ze zuchtte diep.
'Ik kan ook niet lang wegblijven.'
De Cock knikte begrijpend.
'Wel,' zei hij met een uitnodigend gebaartje, 'het initiatief is aan u. Ik luister.'
Ze frommelde wat nerveus aan een leeg suikerzakje. Rond de mond met volle lippen trilde een zenuwtrek.
'Nou,' drong De Cock aan. 'U hebt toch geen afspraak met mij gemaakt om 's morgens om tien uur al van mijn onweerstaanbare charme te genieten?'
Ze schonk hem een zoete glimlach. Haar hand reikte over het tafeltje. Haar vingertoppen beroerden zijn arm. De aanraking bezorgde De Cock een warm gevoel. Het tintelde langs zijn huid.
'U lijkt mij een vriendelijk mens,' zei ze zacht.
'Ik weet niet,' zei hij triest, 'of ik dit als een compliment moet beschouwen. Ik bedoel, uit de mond van een knappe jonge vrouw.'
Ze keek hem niet begrijpend aan.
De Cock trok zijn lippen in een tuitje en schudde zijn hoofd. 'Let

maar niet op mij,' zei hij somber, 'ik heb vandaag nu eenmaal een pechdag. Vertel me liever wat u op uw hart hebt.'
'Ik maak mij zorgen.'
'Over uw man?'
Ze knikte.
'Ja, over mijn man. Ziet u, ondanks zijn zorgvuldige voorbereidingen en nauwkeurig uitgewerkte plannen, ben ik bang dat er iets mis gaat.'
'Waarmee?'
Ze liet haar hoofd iets zakken en antwoordde niet.
'Waarmee, mevrouw Brassel? Waarmee zou er iets mis kunnen gaan?'
Ze keek hem wat treurig aan.
'Het spijt me, meneer De Cock. Geloof me, het spijt me oprecht. Ik wilde werkelijk, dat ik openhartiger kon zijn. Het zou mijn zorgen aanzienlijk verlichten. Maar ik kan het u echt niet zeggen.'
De Cock fronste zijn wenkbrauwen.
'Waarom maakt u dan met mij een afspraak?' vroeg hij wat geprikkeld. 'Waarom komt u hierheen? Als u niet openharig kunt zijn, heeft dit onderhoud geen zin.'
Hij deed alsof hij wilde opstaan. Ze legde onmiddellijk haar hand op zijn arm.
'Blijft u toch zitten,' zei ze bezwerend. 'Ik wilde u iets vragen. Ik heb een verzoek.'
'Een verzoek?'
'Ja.'
De Cock gebaarde breed.
'Toe maar,' moedigde hij aan. 'Het valt mij altijd moeilijk mooie vrouwen iets te weigeren.'
Er gleed een matte glimlach over haar gezicht.
'Het is,' zei ze met een zucht, 'niet veel dat ik vraag.'
'Wel, ik luister.'
Ze keek hem aan. In haar ogen lag een smekende uitdrukking.
'Als u, meneer De Cock,' zei ze zacht, 'vanmiddag thuiskomt, dan zult u daar een uitnodiging vinden voor een fancy-fair die vanavond in Ouderkerk aan de Amstel wordt gehouden.'
'Ja?'
Ze streek een blonde lok uit haar gezicht.

'Ik verzoek u dringend om aan die uitnodiging gehoor te geven. Meneer De Cock, kom vanavond samen met uw vrouw naar die fancy-fair.'
De Cock haalde nonchalant zijn schouders op.
'Waarom?'
Ze keek hem doordringend aan.
'Ik heb u al gezegd dat mijn man hier niets van weet. Ik doe dit uit mijzelf. Ik weet dat die uitnodiging aan u is verzonden. Ik weet ook met welk doel. Mijn man hoopt dat u zal komen. Hij is echter van mening dat uw komst niet beslist noodzakelijk is. Hij verwacht dat er op die fancy-fair in Ouderkerk genoeg mensen zullen komen, die ons kennen. Misschien heeft hij gelijk. Maar ik ben bang, meneer De Cock, ik ben bang. De meeste mensen hebben namelijk een slecht geheugen. U niet, meneer De Cock, u niet. U bent als rechercheur gewend bepaalde dingen te onthouden, op te letten. Daarom, ziet u, daarom wil ik dat u komt.'
Ze sprak dwingend, overtuigend, met nauwelijks ingehouden emotie. 'Ik heb twee jonge kinderen, meneer De Cock. Ik moet er niet aan denken . . .'
'. . . dat Pierre,' vulde De Cock aan, 'de gevangenis in gaat.'
Ze knikte traag.
'U begrijpt me.'
De Cock nam zijn kopje op en dronk langzaam van zijn koffie. Haar woorden klonken nog na, als een echo, steeds resonerend tegen zijn schedeldak. Na een tijdje zette hij zijn kopje weer neer en wreef met zijn hand langs zijn brede kin.
'U kent de plannen?'
'Ja.'
'U was dus de vrouw die even over achten naar Het Wapen van Groenland belde en naar Jan Brets vroeg?'
Ze knikte nauwelijks merkbaar.
'Waarom?'
Ze antwoordde niet.
De Cock kneep zijn lippen op elkaar.
'Ik zal het u zeggen,' zei hij bitter. 'U wilde met dat simpele telefoontje uw geweten sussen. Een armzalige poging, uw wist toch dat acht uur te laat was.'
Haar ogen schoten vuur.

'Ik kon geen verbinding krijgen,' zei ze fel.
'Had u anders Brets gezegd, wat er zou gebeuren?'
Ze boog het hoofd en verviel in een diep zwijgen. Zenuwgolfjes trilden langs haar wangen.
De Cock stond in tweestrijd; hij wist niet precies wat hij zou doen. Hij wreef met de rug van zijn hand langs zijn lippen en keek naar de vrouw voor hem. Hoe ver kon hij gaan? Hoe ver mocht hij gaan voor zijn gevoel?
'Mevrouw Brassel,' begon hij wat aarzelend, 'ik zou u hier, in dit restaurant, een verhoor kunnen afnemen. Ik zou u met kleine listige vraagjes kunnen misleiden. Ik zou van de antwoorden, die u mij gaf, misbruik kunnen maken, door de gegevens, die u mij misschien ongewild verschafte, tegen uw man te gebruiken.'
Hij wachtte even en leunde voorover met zijn ellebogen op tafel.
'Ik zou dit kunnen doen, maar doe het niet.'
Hij keek haar aan. Zijn hoofd een beetje schuin.
'Toch heb ik één vraag.'
'Ja . . .'
'Wie wordt er vanavond vermoord?'
Mevrouw Brassel verbleekte. Haar mond viel open en met grote angstige ogen staarde ze hem wezenloos aan.
'Wie,' herhaalde De Cock, 'wordt er vanavond vermoord?'
Uit haar keel ontsnapte een angstig gilletje.
Heel even duurde de verdoving. Toen stond ze met een ruk op, greep haar mantel van de kapstok en holde naar de uitgang. Ze gunde zich niet eens de tijd haar mantel aan te trekken. Ze vluchtte alsof de duivel op haar hielen zat.
De Cock keek haar onbewogen na. Hij was rustig blijven zitten, zijn breed gezicht in een effen masker.
De kelner kwam dichterbij.
'Mevrouw had haast,' stelde hij vast.
De Cock knikte en bestelde zijn vierde kop koffie.

18

Als een bedaagd pootjesbajer, de broekspijpen opgerold tot aan de knieën, zat De Cock thuis met zijn pijnlijke voeten in een bak met lauw sodawater en schold. Hij schold op alles, op zijn te nauwe schoenen en op het stemmig zwart kostuum dat hij die middag tijdens de begrafenis van Jan Brets had gedragen; op ma Brets, die met haar tranen zijn hemd had besmeurd; op Cynthia van Woerden, die in een rare giecheljurk op de begrafenis was verschenen en op zich zelf, omdat hij net zo lang in Utrecht was blijven rondsjouwen, tot zijn toch al pijnlijke voeten in de buurt van de Catharijnensingel zo hevig begonnen te protesteren, dat hij van ellende op een stoepje had moeten gaan zitten om zijn veters los te maken.

Behalve voor de begrafenis had hij helemaal niet in Utrecht moeten zijn, begreep hij nu. Steeds wanneer hij weigerde naar zijn voeten te luisteren, ging er iets mis. De oplossing van het raadsel lag niet in Utrecht. Daar had Jan Brets gewoond, maar dat was ook alles.

Zijn vrouw kwam met een dampende ketel naar hem toe.

'Zal ik er nog een beetje warm water bij doen?'

De Cock trok zijn druipende benen omhoog en keek met arendsogen naar de hete straal uit de ketel.

'O, o, o,' riep hij angstig, 'niet te veel. Je zou me waarachtig verbranden. Ik heb geen varkenspootjes.'

Zijn vrouw lachte en voelde zorgzaam of het water in de bak niet te warm was geworden.

'Het is lekker zo.'

De Cock liet behoedzaam zijn benen zakken. Beginnend bij de tenen dompelde hij zijn voeten in het water. Na een wat pijnlijke mimiek brak ten slotte weer iets van een glimlach door.

Zijn trouwe bokser, die tijdens De Cocks machteloze scheldkanonnade stiekem vanuit een hoekje van de kamer de gelaatsexpressies van zijn baas had begluurd, kwam weer langzaam naderbij. De Cock aaide de hond over zijn kop en schonk zijn vrouw een zoete grijns. De pijn trok uit zijn voeten.

'Heb je,' vroeg hij vriendelijk, 'vanmorgen een uitnodiging ontvangen voor een fancy-fair?'
Ze keek hem wat verbaasd aan.
'Ja, hoe weet je dat?'
De Cock lachte geheimzinnig.
'Laat eens zien?'
Ze liep naar het houten bureautje in de hoek van de kamer en kwam terug met een kaart.
'Hier is ie.'
De Cock nam de kaart van haar over en bekeek die aan alle kanten. Het was een simpele uitnodiging voor een fancy-fair, gehouden in het PAX-gebouw door de actieve vereniging 'Ouderkerk Vooruit', ten bate van een nieuw clubhuis, waar de jeugd van Ouderkerk kon worden opgevangen om hen te bekwamen in het sjoelbakken, figuurzagen, verf- of kleikliederen, dominoën en andere creatieve bezigheden.
'Kwam ze met de post?'
Zijn vrouw schudde het hoofd.
'Ze werd gebracht.'
'Gebracht?'
'Ja, door een slanke jongeman van even in de dertig.'
Ze wees naar een vaas met tulpen op het dressoir.
'Gelijk met die bloemen en een recept.'
De Cock grinnikte.
'Een recept voor een croquant gebak?'
Zijn vrouw ging er bij zitten.
'Ja,' zei ze wat onthutst, 'inderdaad, een uitgebreid recept voor een croquant gebak.'
De Cock glimlachte om het verbaasde gezicht van zijn vrouw. 'Je moet het eens proberen,' zei hij lachend, 'succes verzekerd.'
Ze keek hem onderzoekend aan.
'De Cock,' zei ze dwingend, 'wat betekent dat allemaal?'
'Wat?'
'Wie was die lange jongeman. Waarom bracht hij mij die bloemen en het recept? En wat is de bedoeling van die uitnodiging?'
De Cock stak beide armen omhoog.
'Stop,' riep hij afwerend, 'niet alles tegelijk. Ik ken alle antwoorden niet, althans nog niet. Die knappe jongeman, dat kan ik je wel

zeggen, is Pierre Brassel. Het recept komt van zijn bijzonder charmante echtgenote en die uitnodiging, die uitnodiging accepteren we.'

'Vanavond,' zei hij met lichte spot, 'begeven we ons onder de elite van Ouderkerk aan de Amstel om de bouw van een clubhuis te bevorderen. We kopen opgewekt een paar waardeloze prullen en doen blijhartig mee aan de tombola.'

Mevrouw De Cock beluisterde de intonatie. Er was iets in zijn stem dat haar niet beviel. Ze stond langzaam van haar stoel op, ging achter hem staan en legde haar hand op zijn stugge haardos.

'De Cock . . .'

'Ja . . .'

'Waarom accepteren we die uitnodiging?'

De Cock wiebelde met zijn tenen in de bak met sodawater en maakte kleine golfjes.

'Och,' zei hij ontwijkend, 'een fancy-fair, dat lijkt mij nu eens leuk.'

Ze glimlachte achter zijn rug.

'Gek,' zei ze verwonderd, 'ik heb nooit geweten dat jij van dergelijke dorpsfestiviteiten hield?'

De Cock zuchtte uitgebreid.

'En de slang nu,' citeerde hij de bijbel, 'was listiger dan alle gedierten des velds.'

Ze woelde met haar vingers door zijn haar.

'De Cock . . .' haar stem klonk zachtdwingend, 'wat is de reden van die uitnodiging?'

Hij draaide zich abrupt om, zodat het water uit de voetenbak golfde.

'Moord,' riep hij ruw. 'En geef mij nu een handdoek.'

Het PAX-gebouw, midden in Ouderkerk, tegenover de bushalte bij het stadhuis, bleek niet veel meer dan een vriendelijk zaaltje met een toneel en een vestiaire.

Het was er gezellig druk.

De boeren, ambtenaren en neringdoenden uit de buurt, hadden blijkbaar allen aan de uitnodiging gehoor gegeven. Ze schuifelden rond in zondagse pakken. Daar tussendoor, met vers gepermanente hoofden, liepen bedrijvig de nijvere dames van de actieve vere-

niging ‘Ouderkerk Vooruit’. Ze verkochten lotjes voor de tombola of beheerden kermisachtige stalletjes, waar men met fluwelen ballen op gedeukte blikjes kon werpen of kon draaien aan het ratelend rijwielrad van avontuur.
De Cock deed aan alles mee.
Hij dook met zijn zwaar bovenlijf in de grabbelton en liet zich door de vrouw van de dominee - als oosterse waarzegster verkleed - een heel lang leven voorspellen. ‘Hoe lang?’ wilde De Cock weten. De vrouw van de dominee glimlachte. ‘Voor termijnen boven de honderd,’ zei ze guitig, ‘moet ik u toch naar mijn man verwijzen.’ De Cock lachte hartelijk. Die lui uit Ouderkerk leken hem wel een aardig volkje.
Tussen de bedrijven door hield hij de aanwezigen in het oog. Brassel was er nog niet. De Cock raadpleegde zijn horloge. Het was al een paar minuten over achten. Het verbaasde hem. Brassel had er volgens zijn berekeningen al moeten zijn. Tenzij, bepeinsde hij, tenzij een ander tijdstip was gekozen.
Hij stootte zijn vrouw aan.
‘Zie jij hier ergens de jongeman die jou vanmorgen de uitnodiging en de bloemen bracht?’
Ze rekte zich uit op haar tenen en keek om zich heen.
‘Nee, ik zie hem hier niet. Zou hij dan komen?’
De Cock knikte.
‘Als ik het bij het rechte eind heb, komt hij beslist. Hij heeft ons nodig.’
‘Voor de moord?’
De Cock grijnsde.
‘Zo zou je het kunnen noemen.’
Hij vatte zijn vrouw bij de arm en schuifelde met haar in de richting van de ingang.
‘Gaan we al weg?’
‘Nee, we blijven hier een beetje in de buurt. Ik wil weten wanneer hij er is.’
Ze waren bijna bij de deur toen Brassel verscheen.
De Cock hield zich een beetje terug. Hij zag Brassel speurend de zaal inkijken. Achter hem kwam zijn vrouw, aan haar hand de zesjarige Ingrid. Brassel zag bleek, was zenuwachtig en gespannen. Ook zijn vrouw maakte een nerveuze indruk. Ze trok het

kind wat ruw achter zich aan.
De Cock wrong zich iets naar voren. Hij zag hoe hij na een paar seconden werd gevangen in de blik van Pierre Brassel. Hij plooide zijn gezicht in een uitdrukking van aangename verrassing.
Brassel wenkte zijn vrouw. Met de kleine Ingrid tussen hen in liepen ze naar voren.
Er volgden de gebruikelijke beleefdheidsfrasen.
'Ik zie,' zei Pierre Brassel na de begroeting, 'dat u op de uitnodiging bent ingegaan.'
De Cock veinsde enig onbegrip.
Zijn vrouw kwam tactisch tussenbeide.
'Dat is nu de jongeman,' zei ze opgewekt, 'die vanmorgen de uitnodiging bracht.'
'O,' zei De Cock verhelderd, 'die uitnodiging was dus uw idee.'
Brassel lachte.
'Ja,' zei hij hoofdknikkend, 'of eigenlijk, het was een idee van mijn vrouw. Ik had het aanvankelijk niet in het plan opgenomen.'
De beide vrouwen bleken al spoedig genoeg gesprekstof te bezitten. Ze trokken samen op. De Cock had de kleine Ingrid aan de hand genomen. Met Brassel naast zich schuifelde hij achter de vrouwen aan.
De fancy-fair was in volle gang. Er werden verkopingen gehouden van plaatselijk haak- en breiwerk en er werd geleurd met de laatste lotjes van de tombola.
'U was,' zei De Cock zo achteloos mogelijk, 'wel een paar minuten te laat.'
Brassel knikte.
'We hadden aanvankelijk Ingrid niet mee willen nemen,' legde hij uit, 'maar ze werd op het laatste moment wakker. We stonden al geheel gekleed. Ze had dus onmiddellijk in de gaten dat we weggingen en wilde onder geen beding alleen in huis achterblijven. Ten einde raad hebben we haar maar meegenomen. Er bleef ons niets anders over. Toen moest ze natuurlijk eerst nog worden aangekleed. Dat heeft tijd gekost.'
De Cock lachte.
'Zo is het met plannen,' zei hij. 'Het slagen of mislukken hangt vaak van kleinigheden af.'
Hij schoof tijdens het slenteren iets dichter naar hem toe.

'Wie,' fluisterde hij, *'wordt er vanavond vermoord?'*
Brassel keek hem verschrikt aan.
'Ik . . . eh, ik begrijp u niet,' zei hij stamelend.
De Cock trok zijn wenkbrauwen op.
'Och kom, Brassel,' zei hij licht verwijtend, 'natuurlijk begrijpt u mij. Het is dwaas het te ontkennen. Mijn vrouw, ik, en alle bezoekers van deze fancy-fair dienen vanavond als uw alibi. En het simpele feit, dat u blijkbaar weer een alibi nodig hebt, wijst overduidelijk op een nieuwe moord.'
Brassel reageerde fel.
'Wie zegt u,' zei hij scherp, 'dat ik hier in het PAX-gebouw ben voor een alibi? Wie zegt dat ik een alibi nodig heb?'
De Cock grijnsde breed.
'Ik.'
Hij klampte in het voorbijgaan een Ouderkerkse schone aan, die vanuit een rieten mandje witte anjers verkocht. Het was inderdaad een knap meisje van een jaar of twintig met een dubbele paardestaart, sprekende ogen en een zoete mond.
'Hoe heet je?' vroeg De Cock.
'Francis.'
'En verder?'
'Francis Brakel.'
De Cock lachte vriendelijk. 'Een fraaie naam.'
Hij wees naar Brassel.
'Deze heer zou graag een anjer van je kopen. Maar zoek wel een mooie uit. Een die past bij zijn uiterlijk.'
Hij pakte het bloemenmeisje bij de arm en klakte bewonderend met zijn tong. 'Heb je al gezien,' ging hij verder, 'hoe knap deze heer is? Gewoon een adonis.' Hij grinnikte.
'Nou ja, een adonis. In ieder geval een man die je je hele leven niet meer vergeet, een die je bijblijft. Zelfs in je dromen.'
Het meisje monsterde het gelaat van Pierre Brassel en speldde hem giechelend een anjer op. Brassel stond er wat houterig bij; hij wist kennelijk met zijn figuur geen raad. Hij trok haastig zijn portemonnee en betaalde met een zuur gezicht.
Van over de schouders van het meisje keek De Cock hem spottend aan. Hij genoot van de verlegenheid, waarin hij Brassel had gebracht. Eerst toen de schone met haar mandje was verdwenen,

zei hij: 'Kijk, Brassel, zo kweek je alibi's. Daar heb je echt geen rechercheur voor nodig. Ik demonstreerde het maar even, want ik voel er weinig voor om steeds door u te worden uitgenodigd, wanneer er weer een moord op stapel staat.'
Hij schudde zijn hoofd en spreidde zijn armen.
'Ik vraag mij toch af hoe lang u van plan bent er mee door te gaan. In ernst, Brassel, hoeveel moorden hebt u nog in petto?'
Brassel draaide zich met een ruk naar hem toe; zijn ogen schoten vuur. 'Wat denkt u wel van mij,' riep hij vol verontwaardiging. 'Ik ben geen beest, geen maniak.'
De Cock haalde nonchalant zijn schouders op.
'Hoe weet ik dat? Ik heb nooit een psychiatrisch rapport over u gelezen. Wie zegt mij dat u geen psychische afwijking hebt, bijvoorbeeld een onweerstaanbare drang om hele gemeenschappen uit te roeien. Zo op het oog ziet u er volkomen normaal uit.'
De laconieke, rustige, bijna achteloze conversatietoon van De Cock miste zijn uitwerking niet. Brassel raakte zichtbaar van de kook. Blosjes van opwinding stegen naar zijn wangen.
'Ik ben niet gek!'
Hij schreeuwde zo luid, dat de mensen in zijn directe omgeving hem verbaasd aanstaarden. Ook mevrouw Brassel keek om. In een enkele blik schatte ze de toestand van haar man. Ze hield haar pas in en draaide zich om.
'Wat is er Pierre?' vroeg ze bezorgd. 'Wie beweert er dat je gek bent?'
Brassel antwoordde niet.
Ze keek naar De Cock. Het was een ijzige, afkeurende blik met een vleugje haat.
De Cock grijnsde en de kleine Ingrid aan zijn hand riep *Hampelmann*.
Het woord ontplofte.
Midden in de roezemoezige drukte van de fancy-fair had een felle paukenslag bij het echtpaar Brassel geen grotere beroering kunnen veroorzaken dan het ene woordje Hampelmann uit de mond van de kleine Ingrid.
Brassel en zijn vrouw verstijfden.
De Cock nam de reacties waar. Hij registreerde. Meer niet. Hij zag de verschrikte gezichten van het echtpaar en voelde hoe de

kleine Ingrid van zijn hand werd losgerukt. Hij zag hoe mevrouw Brassel het kind wat angstig onder haar hoede nam. Hij voelde de nerveuze spanning, maar begreep het niet.
Nogmaals riep het kind Hampelmann en wees met haar handje schuin omhoog.
Ergens in de maalstroom van zijn gedachten, herinneringen, greep De Cock naar een houvast. Hij volgde met zijn ogen de richting waarin het handje van Ingrid wees. Toen, in een enkele oogopslag, in een simpele associatieflits, vielen alle sluiers weg en zag hij de oplossing van het hele raadsel, begreep hij het hoe en waarom van de moorden.
Aan een geïmproviseerd stalletje hingen gefiguurzaagde poppetjes met hoge puntmuts. Ze waren met de hand beschilderd. De lijfjes, armen en benen in witte ruiten. Alle neuzen waren felrode stippen en op de wangen waren getekende zonnetjes. Onder de poppen hingen touwtjes, als je daaraan trok, gingen armen en benen ritmisch heen en weer. De Cock zocht de mooiste harlekijn uit.
Hij ging op zijn hurken zitten en wenkte. Mevrouw Brassel kon de kleine Ingrid niet tegenhouden. Het meisje wurmde haar handje los en kwam gretig naar hem toe. Haar ogen straalden.
Over het brede gezicht van De Cock gleed een vriendelijke grijns.
'Hier mein Kind,' zei hij in zijn beste Duits. 'Hier hast du deinen Hampelmann.'

19

Rechercheur De Cock kwam langzaam uit zijn gehurkte houding omhoog. De uitdrukking van vriendelijke welwillendheid waarmee hij de kleine Ingrid haar houten harlekijntje had gegeven, was van zijn gezicht verdwenen. Zijn anders zo goedmoedig uiterlijk stond strak, haast grimmig.
Hij liep op Brassel toe, half slenterend, zijn mond vertrokken tot een smalle lijn, het zware bovenlijf iets gebogen. Zijn houding hield zoveel dreiging in, dat Brassel verschrikt achteruit deinsde; verder, steeds verder.

De Cock liep door, traag, maar onstuitbaar. Het leek alsof hij door niets en niemand kon worden tegengehouden. Pierre Brassel vluchtte, ontweek, tot hij niet verder kon. Hij liep ruggelings klem in een groepje geanimeerd babbelende boeren. Pas toen hij opnieuw trachtte te ontkomen, greep De Cock hem vast. Hij legde zijn grote harige hand op de magere borst van Brassel en verknoedelde zijn colbert.
'Wie?'
Pierre Brassel hijgde zwaar, maar antwoordde niet. Zijn brede neusvleugels trilden en in zijn ogen blonk iets van angst. Golfjes van nervositeit zwiepten over zijn wangen.
'Wie?'
Brassel bleef zwijgen.
De Cock spande zijn arm en trok hem naar zich toe. Het gezicht van Brassel was vlakbij. De stof van het colbertje kraakte tussen zijn vingers.
'Wie?' brulde hij.
De felle kreet kaatste tegen de wanden van het zaaltje en schrikte de fancy-fairbezoekers op. De charitatieve belangstelling was op slag verdwenen. Zij schaarden zich in drommen om Brassel en De Cock. Noch de grabbelton, noch de waarzeggende domineesvrouw, kon wedijveren met het schouwspel dat de beide mannen boden. De blijde verwachting van een stevige vechtpartij zoefde hoopvol door de rijen.
Geschokt door deze niet voorziene en ook niet gewenste attractie, schoten een paar organisatoren toe. Ze kwamen kordaat tussenbeide en trachtten de angstige Brassel van De Cock los te rukken. Het lukte niet. De Cock hield verbeten vast.
'Wie?' brulde hij nogmaals. 'Misschien kan ik er nog iets aan doen.' Hij schudde hem krachtig heen en weer en tilde hem in zijn woede haast van de grond. 'Verdomme vent,' siste hij, 'doe je bek dan open.'
Brassel liet het hoofd hangen.
'Het is te laat,' zei hij zacht, 'te laat.'
De Cock liet hem los.
Hij draaide zich om, vatte zijn vrouw bij de arm en verliet met opgeheven hoofd het PAX-gebouw.

'Ik ga nooit meer met je mee. Nooit meer. Zolang jij niet weet hoe je je behoort te gedragen, vertoon ik mij met jou niet meer in het openbaar.'
Mevrouw De Cock was kwaad, geschokt, obstinaat. Haar boezem ging heftig op en neer. Haar gezicht zag rood.
'Die Brassels . . . zulke keurige mensen, en jij gaat die arme man te lijf als . . . als een ordinaire straatvechter. Hoe waag je het. Het komt natuurlijk door die baan van je, door de politie. Je hebt geen fatsoen meer, geen moraal.'
De Cock klemde zijn handen vaster om het stuur van zijn oude wagentje en zuchtte.
'Het spijt me, schat,' zei hij verontschuldigend, 'echt, het spijt me.' Hij trok een martelaarsgezicht. 'Maar zie je, ik moest dit wel proberen. Het was een kansje. Als Pierre Brassel gesproken had . . .'
Hij pauzeerde even.
'Het zou zoveel gemakkelijker zijn geweest en misschien had ik dan nog een mensenleven kunnen redden.' Hij slikte. 'Ik had het anders nooit gedaan. Dat geloof je toch? Je weet toch hoe ik ben? Ik houd niet van geweld.'
Ze keek hem van opzij aan en monsterde de uitdrukking op zijn gezicht.
'Ik weet het niet altijd,' zei ze aarzelend met een tikje achterdocht. 'Als jij je rechercheursstreken op mij toepast, dan ben ik het wel eens kwijt.'
Er brak iets van een glimlach door.
'Ik begrijp trouwens van deze hele fancy-fairgeschiedenis geen zier.'
De Cock schudde zijn hoofd.
'Dat hoeft ook niet,' zei hij glimlachend. 'Ik zal het je later allemaal nog wel eens uitleggen. Het is alles bij elkaar nogal ingewikkeld.'
Ze zuchtte.
'Maar het gaat toch over een moord? Dat heb je vanmiddag zelf gezegd.'
'Ja, ja,' zei hij gelaten, 'het gaat over een moord, of feitelijk over twee moorden.'
'Twee?'

De Cock knikte.
'Kijk,' zei hij geduldig, 'toen wij zoëven met die keurige familie Brassel over de fancy-fair wandelden, werd er een tweede moord gepleegd. En zij beiden wisten er van. Zij wisten dat het zou gebeuren.'
'Waar?'
De Cock haalde zijn schouders op.
'Dat weet ik niet.'
'Wie werd er dan vermoord?'
De Cock schudde bedroefd het hoofd.
'Ook dat weet ik niet.'
Ze lachte schamper.
'Wat weet je dan wel?'
De Cock liet de snelheid van zijn wagentje iets teruglopen en stak onder het rijden een sigaret op. Zijn gezicht stond zorgelijk.
'Luister eens,' zei hij wat moedeloos, 'ik weet genoeg, geloof me. Ik weet genoeg om deze zaak tot een oplossing te brengen. Pierre Brassel moet dat vanavond begrepen hebben. Ik had gehoopt dat hij die waas van geheimzinnigheid zou opheffen, nu hij wist, althans begreep, dat ik het geheel doorzag. Hij deed het niet. Hij hield zijn mond stijf dicht. Ik vraag mij af waarom. Het lijkt mij zo zinloos.'
Zijn vrouw schoof iets dichter naar hem toe en legde vertrouwelijk haar hand op zijn knie. Haar boosheid over het gedrag van De Cock leek verdwenen.
'Misschien,' zei ze liefjes, 'misschien weet je toch nog niet genoeg. Het kan best zijn dat Brassel nog een aantal verrassingen voor je in petto heeft.'
De Cock zuchtte.
'Misschien,' zei hij, 'maar ik weet nu het waarom van de moord op Jan Brets. En al weet ik de naam niet uit mijn hoofd ik weet wie er vanavond is vermoord.'
Zijn vrouw keek hem met verschrikte ogen aan.
'Maar . . .' stamelde ze, 'als je dat vooruit wist, waarom liet je hem dan vermoorden?'
De Cock kneep zijn lippen op elkaar.
'Ik liet niemand vermoorden,' riep hij veel feller dan zijn bedoeling was. 'Ik wist het ook niet vooruit. Pas vanavond ben ik er iets

van gaan begrijpen. Eerder niet. Noem het domheid, gebrek aan inzicht.'
Hij haalde zijn schouders op.
'Het kan mij ook niet schelen hoe je het noemt, maar eerst vanavond heb ik de oplossing gevonden. Het is in feite beschamend dat een zesjarig kind mij op het idee moest brengen.'
'Idee?'
De Cock knikte grijnzend.
'Hampelmann.'

De Cock zat breeduit achter zijn bureau in de recherchekamer van het aloude, haast beruchte politiebureau aan de Warmoesstraat in Amsterdam. Voor hem lagen de stukken van Jan Brets. De Cock had de oude rapporten, processen-verbaal, beschikkingen en vonnissen van huis gehaald en naar zijn bureau gesleept. Daar had hij ze opnieuw doorgenomen, snel ditmaal, want hij wist nu waarnaar hij zoeken moest.
Daarna was hij naar het huis van Vledders verloofde Celine gereden, had gebeld en luide verkondigd dat Dick stante pede moest komen opdraven.
De knappe Celine had heftig geprotesteerd, het woord slavenbaan gemompeld en de grijze De Cock vernietigende blikken toegeworpen, toen Dick nog wat onwillig bij hem in de wagen stapte.
'Ik was er nog geen uurtje,' bromde Vledder. 'Ik had het lieve kind de hele week nog niet gezien. Wat is er? Je had me vanavond toch wel met rust kunnen laten. Verdomme nog aan toe. Ik heb toch ook nog . . .'
De Cock wachtte geduldig tot de woordenstroom opdroogde. Hij begreep zijn jonge collega best. Maar hij had hem nodig.
'Hoe vinden we Reinier Kamperman?'
'Wat?'
'Hoe vinden we Reinier Kamperman,' herhaalde De Cock.
Vledder keek hem van terzijde wat verwonderd aan.
'Wie is Reinier Kamperman?'
De Cock antwoordde niet. Hij stuurde het wagentje naar de Warmoesstraat en stopte voor het bureau.
'Laten we samen eens overleggen,' zei hij ernstig.
Ze stapten voorbij de balie en gingen de trap op naar de recher-

chekamer. De stukken van Brets lagen nog verspreid over De Cocks bureau.
Vledder schoof een stoel bij.
'Vertel mij nu eens,' zei hij, 'wie is Reinier Kamperman en wat heeft de goede man gedaan om zich zo plotseling in jouw belangstelling te verheugen?'
De Cock wreef met zijn hand over zijn gezicht.
'Hij stierf,' zei hij simpel.
'Stierf?'
'Ja, Reinier Kamperman is de naam van een man die vanavond werd vermoord. Vraag mij niet hoe ik dit weet, want het zou mij te ver voeren om dat allemaal uit te leggen.'
Vledder beet op zijn onderlip.
'Weet je wel door wie?'
'Wat bedoel je?'
'Wie vermoordde Reinier Kamperman?'
De Cock grijnsde.
'Dezelfde man die Jan Brets vermoordde.'
'Wat?'
De Cock knikte.
'Dezelfde moordenaar.'
'En wie is dat?'
De Cock haalde wat nukkig zijn schouders op.
'Dat weet ik niet. Ik bedoel, ik weet het nóg niet. Ik heb echter een bepaald vermoeden en ik dacht wel dat ik nu over voldoende aanwijzingen beschik om achter zijn identiteit te komen.'
Vledder knikte traag.
'Weet je *waar* Kamperman werd vermoord?'
De Cock schudde vertwijfeld het hoofd.
'Je stelt dezelfde vraag als mijn vrouw een uur geleden. Het is een domme vraag. Natuurlijk weet ik niet waar hij is vermoord. Als ik het wist, had ik je niet bij Celine weggeplukt om hem te gaan zoeken. Kijk Dick, ik neem aan dat die Kamperman is vermoord, omdat ik achter het motief voor de moord op Jan Brets ben gekomen en Pierre Brassel weer een nieuw alibi nodig had. Ik weet,' zei hij kribbig, 'dat het allemaal wat vreemd klinkt, verward misschien. Maar het is zo.'
Vledder zuchtte.

'Als ik je goed begrijp, dan kan Kamperman dus overal zijn vermoord. Hoe wil je daar achter komen?'
De Cock krabde zich achter in de nek.
'Het enige wat we kunnen doen is zoeken, zoeken naar Reinier Kamperman. We komen zijn lijk dan vanzelf wel tegen. Ik zie eerlijk gezegd geen andere mogelijkheid. Ik heb het nagetrokken. Het laatste adres, dat wij van hem kennen, dateert van acht jaar geleden.'
Vledder trok zijn gezicht in een grimas.
'Acht jaar, op dat adres woont hij natuurlijk al lang niet meer.'
De Cock pakte de oude stukken van Jan Brets op en smeet ze wat wild in een la van zijn bureau.
'We moesten,' zei hij verbeten, 'toch maar bij dat oude adres beginnen.'

20

'Wat wenst u?'
Een jong vrouwtje, bedeesd, de hand aan de deur, keek wat verwonderd naar de beide grote mannen op de stoep van haar nieuwbouwwoninkje.
De Cock speelde, zichtbaar verlegen, met zijn hoedje.
'Reinier Kamperman?'
Ze keek hem argwanend aan.
'Dat is mijn man, ja.'
De Cock wreef met de rug van zijn hand langs zijn droge lippen en zuchtte.
'Wij wilden even met u spreken. Mijn naam is De Cock, De Cock met ceeooceekaa, en dat is mijn collega Vledder. Wij zijn rechercheurs, rechercheurs van politie uit Amsterdam.'
Het vrouwtje greep in een reflex naar haar hals.
'Is er wat gebeurd?' vroeg ze angstig.
De Cock liet zijn hoofd iets zakken.
'Nee,' antwoordde hij zacht, aarzelend, 'dat is te zeggen . . . we weten het nog niet. Niet precies, bedoel ik. Het ligt allemaal wat

moeilijk.'
Hij keek langs haar heen de gang in.
'Misschien kunnen we beter binnen . . . het is buiten nogal winderig.'
Ze knikte wat wezenloos.
'Komt u binnen.'
Ze maakte de deur verder open. Alles zag er keurig uit, fris en proper. Modern, zonder franje. Een kinderdriewielertje in de gang duidde op een kleuter en een metalen rekje met drogende luiers vertelde van een baby.
'Het heeft ons nogal moeite gekost u te vinden,' zei De Cock uiterst vriendelijk. 'Gelukkig herinnerde zich een oude buurvrouw uit de straat, waar uw man vroeger woonde, dat hij een betrekking had gekregen bij een groot bedrijf in Velsen. Meer wist ze niet, maar het was voor ons voldoende.'
Ze bood de rechercheurs een plaatsje op een bank aan.
'Ik weet niet waar mijn man vroeger woonde.'
Het klonk wat geprikkeld.
'Ik wil het ook niet weten. Ik ben nu bijna vier jaar met hem getrouwd en hij is goed voor de kinderen.'
Ze keek De Cock bijna vijandig aan.
'Dat is belangrijk, ziet u, belangrijk . . . voor mij.'
Ze wilde kennelijk het verleden van haar man uitschakelen; een verleden dat ze te nadrukkelijk ontkende, maar waarvan ze, zo begreep De Cock, volkomen op de hoogte was.
'Waar is uw man?'
Ze antwoordde niet.
'Waar is uw man?' herhaalde De Cock wat dwingender.
Ze keek hem onderzoekend aan.
'En weet u dat niet?'
In haar stem klonk achterdocht.
De Cock schudde zijn hoofd.
'Nee, mevrouw Kamperman,' sprak hij vriendelijk, 'ik weet niet waar uw man is. Beslist niet. Ik kom hier ook niet met slechte bedoelingen, begrijpt u, meer als vriend. Voor zover mij bekend, heeft uw man ook niets gedaan, niets strafbaars, bedoel ik.'
Hij pauzeerde even en zuchtte diep.
'Mevrouw Kamperman,' de klank van zijn stem was veranderd,

had een droeve ondertoon, 'ik heb het vermoeden dat uw man naar een bepaalde plaats is gelokt.'
Er gleed een zenuwtrek over haar wangen en terwijl ze hem onafgebroken aanstaarde, zakte ze langzaam in een van haar fauteuiltjes. Met de handen in haar schoot bleef ze zitten.
'Gelokt?' vroeg ze hees.
De Cock knikte traag.
'Ja,' zei hij zacht, 'gelokt. Ik weet niet op welke manier dat is gebeurd. Mogelijk heeft hij een brief gekregen of is hij benaderd door een man.' Hij boog zich iets naar voren, zodat hij elke reactie op haar gezicht kon waarnemen.
'Zegt de naam Brassel u iets?'
Hij zag dat ze schrok en een vloed van medelijden golfde door hem heen. Ze kende Brassel; ze had ongetwijfeld die naam horen noemen en De Cock wist wat dat betekende.
'Is die Brassel hier geweest, of heeft hij geschreven?'
Ze keek hem verwilderd aan.
'Wat is er gebeurd?' riep ze angstig uit. 'Wat wilt u . . . wat wilt u van mijn man? U zegt het zelf, hij heeft niets gedaan.'
De Cock beet op zijn onderlip.
'Mevrouw Kamperman,' zei hij kalmerend, 'vertel mij nu eens rustig, waar moest uw man vanavond om acht uur zijn?'
Ze antwoordde niet en klemde demonstratief haar lippen op elkaar.
De Cock zuchtte, maar de uitdrukking op zijn gezicht bleef vriendelijk en vol begrip.
'Beste mevrouw Kamperman,' zei hij dwingend, 'geloof me, in uw eigen belang, zeg me waar ik uw man kan vinden.'
Ze schudde haar hoofd.
'Nee,' zei ze ferm, 'dat vertel ik u niet. Ik heb beloofd er met niemand over te spreken.'
De Cock slikte iets weg.
'Mevrouw Kamperman,' sprak hij met een dramatische ondertoon, 'hierboven,' hij strekte zijn arm naar het plafond, 'hierboven liggen twee kinderen, úw kinderen te slapen. Ik hoop dat de schapen hun vader mogen behouden, maar ik ben bang dat het al te laat is.'
Het was alsof plotseling het begrip bezit van haar nam, of ze

ineens de diepere betekenis van De Cocks woorden bevatte. Ze sperde haar ogen wijd open. Haar boezem ging heftig op en neer.
'Wat is er,' schreeuwde ze, 'wat is er met Reinier?'
De Cock streek met zijn hand langs zijn ogen.
'Ik weet het niet,' zuchtte hij vermoeid, 'echt, ik weet het niet. Ik heb alleen het vermoeden dat er iets heel ernstigs is gebeurd.'
Hij stond op en legde zijn hand op haar schouder.
'Werk ons niet tegen, vrouwtje, vertel ons eerlijk waar uw man vanavond naar toe is gegaan. Misschien zijn we nog niet te laat.'
Ze boog het hoofd.
'Hij is naar Amsterdam.'
'Waar?'
'Hotel Het Wapen van Groenland.'
'Het Wapen van Groenland?'
'Ja, daar zou iemand op hem wachten.'

Reinier Kamperman lag er potsierlijk bij.
Hij lag op zijn rug met wijd uitgestrekte armen en benen. Het was alsof hij met zijn lichaam een zo groot mogelijk gedeelte van de kamer had willen bedekken. Zo lag hij daar, vreemd, met enigszins opgeheven, schuinweggetrokken knieën. Hij leek zo nog het meest op een levensgrote houten harlekijn, waarvan alle touwtjes waren strakgetrokken. Het zou De Cock niets hebben verbaasd wanneer plotseling de armen en de benen weer zouden zijn gaan bewegen, ritmisch, omdat iemand aan de touwtjes trok, zo indringend was het beeld van de harlekijn.
Het wasbleke, haast witte gezicht van Reinier Kamperman lag verstard in een grijnzende, half verbaasde uitdrukking, alsof hij het niet begreep, alsof zijn eigen plotselinge dood een kostelijke grap was, waarvan hij zelf de pointe nog niet snapte.
Het gehele beeld was dwaas, grotesk, maar niet luguber of angstaanjagend. De dood presenteerde zich mild, zonder afschuw. Bij een oppervlakkige beschouwing waren aan het lichaam zelfs geen uiterlijke tekenen van geweld te zien. Alleen uit het linkeroor liep een dun straaltje bloed naar een reeds geronnen plasje op de vloer. Dat was alles.
'Verdomme,' riep de portier van Het Wapen van Groenland geschokt,' 'verdomme nog aan toe. Het is . . . het is alleen een ande-

re vent.'
De Cock knikte.
'Alleen een andere vent,' herhaalde hij peinzend, 'alleen een andere vent.'
Hij keek naar Vledder, die ijverig aantekeningen maakte en opmetingen deed. Het leek hem alsof de tijd een paar dagen had stilgestaan, of de wereld niet had gedraaid, de zon niet weer opnieuw was ondergegaan.
Met een nors gezicht, de handen in de zakken, scharrelde hij rond en zocht naar afwijkingen. Ze waren er niet. Het was alles precies zoals de vorige keer.
Hij liep de kamer uit de lange gang in en telde het aantal passen naar de lift. Het waren er tweeëndertig; heen en terug. Toen hij weer voor de kamer stond, realiseerde hij zich dat er toch een afwijking had moeten zijn. Hij keek omhoog. Op de deur stond 21.
Hij greep de portier wat wild bij de arm.
'Waarom,' riep hij woest, 'waarom werd deze kamer weer verhuurd? Wie heeft de brutaliteit gehad de verzegeling te verbreken?'
De portier keek hem lichtelijk verbaasd aan.
'Dat mocht toch?'
'Van wie?'
De portier slikte.
'Van . . . van uw eigen commissaris.'
'Wat?'
'Ja, van uw eigen commissaris. Onze directeur heeft een paar maal gebeld en op het laatst mocht de verzegeling er af.'
De Cock staarde hem aan.
'Uw directeur,' vroeg hij achterdochtig, 'heeft persoonlijk gebeld?'
De portier knikte heftig.
'Ja, ja, ik was er zelf bij, een paar maal, steeds met de commissaris van het bureau Warmoesstraat. De eerste keer was al kort nadat u de verzegeling had aangebracht. Zijn verzoek werd toen geweigerd. Hij vloekte tenminste.'
'En?'
'De daarop volgende dagen heeft hij regelmatig gebeld. Gistermiddag is hem blijkbaar toestemming verleend de verzegeling te

verbreken. Hij gaf mij na het gesprek namelijk de opdracht het touw en de lakzegels te verwijderen en de kamer weer in orde te laten maken.'
Hij maakte een verontschuldigend gebaartje.
'Dat heb ik uiteraard gedaan.'
De Cock knikte.
'Uiteraard, dat begrijp ik.' Hij streek met zijn pink over de rug van zijn platte neus. 'Ik heb,' zei hij bedachtzaam, 'uw directeur bij de vorige gelegenheid niet ontmoet, is het wel?'
De portier schudde het hoofd.
'Nee, meneer de directeur kwam pas naar beneden, nadat u en uw collega al waren vertrokken. De directeur bewoont namelijk een suite op de bovenste etage. Sinds zijn ziekte bemoeit hij zich weinig meer met de gang van zaken in het hotel. Maar iemand scheen hem te hebben gewaarschuwd.'
'Wie?'
'Ik niet.'
'Wie dan wel?'
De portier haalde zijn schouders op.
'Dat weet ik niet. Misschien een van de chasseurs of een kamermeisje.'
De Cock zuchtte.
'Hoe was zijn reactie, ik bedoel, vond hij het niet vervelend dat de naam van zijn hotel door een moord in opspraak kwam?'
De portier schudde langzaam het hoofd.
'Daar heeft hij zich niet over uitgelaten. Hij vroeg alleen wat er was gebeurd. Ik heb hem toen zoveel mogelijk ingelicht; ook over de verzegeling van de kamer.'
De Cock knikte peinzend.
'Op de lijst die ik destijds van u gekregen heb, ik bedoel op die lijst met namen van het personeel komt de naam van de directeur niet voor?'
De portier grijnsde.
'Nee,' zei hij verontwaardigd, 'de directeur, natuurlijk niet.'
De Cock sloeg beide handen voor zijn gezicht en kreunde.

21

Rechercheur De Cock keek speurend om zich heen. Kamer 21 van Het Wapen van Groenland bood weer een normale aanblik. Het nerveuze gedraaf van de politiemensen was opgehouden en het zo dominerende lijk van Reinier Kamperman was weggehaald. Alleen een plasje geronnen bloed getuigde nog van de moord.
'Ben je hier klaar met je onderzoek?'
Vledder nam de kamer nog eens in ogenschouw en knikte.
'Ik dacht van wel,' zei hij aarzelend. 'Ik geloof niet dat ik wat heb vergeten.' Hij pakte zijn boekje met aantekeningen en las ze door. 'Nee, volgens mij heb ik alles gedaan wat er gedaan moest worden.'
De Cock knikte goedkeurend.
'Mooi, dan kun je nu wel gaan.'
Vledder wees op de deur.
'Moeten we de kamer niet verzegelen?'
De Cock haalde wat vermoeid zijn schouders op.
'Och nee,' zei hij loom, 'laat maar. Dat heeft nu weinig zin meer. We weten alles. Bovendien, meer moorden behoeven we niet te verwachten. Dit was de laatste wraak van de harlekijn.'
Vledder staarde hem wat verbaasd aan.
'Je schijnt nogal overtuigd.'
De Cock knikte gelaten.
'Dat ben ik ook,' zei hij met een zucht. 'Overtuigd en verdrietig.' Hij schonk zijn leerling een wat matte glimlach. 'Kom Dick,' drong hij aan, 'anders wordt het zo laat.' Hij keek op zijn horloge. 'Met de wagen ben je in een half uur in Velsen. Doe het wel voorzichtig, ik bedoel, vertel mevrouw Kamperman, als het kan zonder haar te schokken, dat haar kinderen geen vader meer hebben.'
Vledder schonk hem een droeve glimlach.
'Zonder haar te schokken,' herhaalde hij wat wrang. 'Ik had liever dat je meeging. Jij bent in die dingen beter dan ik. Ik kan zo slecht iemands verdriet opvangen. Ik raak meestal zelf van de kook.'

De Cock klopte hem vaderlijk op de schouder.
'Dat is niet erg, Dick,' zei hij. 'Dat mag gerust. Verdriet is universeel.'
Vledder zuchtte.
'Je gaat dus echt niet mee?'
De Cock schudde zijn hoofd.
'Ik blijf hier.'
'In het hotel?'
'Ja, voorlopig. Ik heb mijzelf een onderhoud met de directeur beloofd.'
Vledder knikte.
'Nou,' zei hij met een treurig gezicht, 'dan ga ik maar. Ik heb er eerlijk gezegd weinig zin in. Ik weet precies wat mij daar in Velsen staat te wachten; een huilende vrouw en een stel brullende kinderen. Ik hoop dat haar familie niet te ver weg woont. Anders zal ik in godsnaam haar buren moeten wakker maken.'
De Cock knikte.
'Doe je best,' zei hij simpel.

Met een wat norse trek om zijn lippen, zijn oude vilten hoed nonchalant achterop zijn hoofd, stond De Cock breeduit voor de portiersloge en klapte met zijn vlakke hand op de brede houten balie.
De portier keek geschrokken om.
'O,' stamelde hij onthutst, 'ik wist niet dat u nog in het hotel was. Ik dacht dat u gelijk met uw collega was vertrokken.'
De Cock grijnsde.
'Nee, mijn vriend,' zei hij met een lichte dreiging, 'ik ben er nog. Ik ben gebleven, gebleven voor een lieflijk onderhoud met die directeur van jou.'
'O,' zei de portier.
'Ja,' zei De Cock, 'en wil je nu zo vriendelijk zijn mij even bij hem aan te dienen?'
De portier zuchtte zwaar.
'De heer Gosler,' zei hij aarzelend, 'is ziek. Ik mag wel zeggen ernstig ziek. Hij ontvangt de laatste maanden geen bezoek meer op zijn kamer. En zeker niet op dit uur. Het is al ver na middernacht, weet u.'

De Cock trok zijn gezicht in een brede glimlach.
'Ik weet zelf best hoe laat het is, mijn vriend,' zei hij met een zoet sarcasme, 'dat behoef jij mij echt niet te vertellen.' Hij schudde het grijze hoofd. 'Ik heb je trouwens ook niet om de tijd gevraagd. Ik heb je alleen verzocht mij bij die directeur van jou aan te dienen. Meer niet.'
De portier trok zijn hoofd tussen zijn schouders.
'Ik vrees,' zei hij ontwijkend, 'dat . . .'
Verder kwam hij niet.
Van over de houten balie greep De Cock hem vriendelijk, maar bijzonder stevig bij de nek en duwde hem zachtjes de portiersloge uit.
'Kom vriend,' siste hij in zijn oor, 'wijs mij zijn kamer.'
De portier stribbelde tegen.
'Als u mij toestaat,' zei hij benauwd, 'dan zal ik hem eerst even bellen. Dat lijkt mij beter.'
De Cock liet hem los.
'Goed, mijn vriend, bel hem eerst. Maar zeg hem wel dat ik hem tot elke prijs wil spreken.'
Hij stak waarschuwend een vinger omhoog.
'En mocht meneer-de-directeur soms het onzalige idee hebben dat hij mij zonder meer buiten zijn deur kan houden, zeg hem dan dat hij zich schromelijk vergist. Desnoods breek ik heel persoonlijk en ook heel onwettig de deur van zijn kamer open.'
De portier monsterde het verbeten gezicht van De Cock en slikte.
'Waarachtig,' riep hij angstig, 'ik geloof waarachtig dat u het doen zou.'
De Cock trok een grimas.
'Zeg maar amen.'

'Ik zal mij ernstig over u beklagen. Daar kunt u staat op maken. De commissaris van het politiebureau aan de Warmoesstraat is een persoonlijke vriend van mij. Het is eenvoudig ongehoord een ernstig zieke man midden in de nacht lastig te vallen, daar hebt u het recht niet toe. U handelt volkomen onrechtmatig. U gaat uw ambtelijke bevoegdheden ver, maar dan ook ver te buiten.'
De Cock knikte de man voor hem in de fauteuil zachtjes toe en schonk hem een medelijdend lachje. De gestrenge blik, waarmee

de directeur had gemeend zijn woorden wat kracht bij te zetten, kwam uit een paar moede, fletse ogen. Zijn gehele optreden was niet meer dan een droeve demonstratie van fysieke onmacht. De man besefte het zelf. Hij liet zijn hoofd tegen de hoge rugleuning van zijn fauteuil zakken en zuchtte.
De Cock bleef naar hem kijken. Uiterlijk onbewogen. Zijn blik tastte het gelaat af, zocht naar familietrekken. Ze waren er, onmiskenbaar. Het haar was blond. De ogen blauw. Uit de mouwen van zijn wijde kamerjas staken een paar magere handen met lange knokige vingers. De Cock schatte hem op vijftig jaar, maar besefte tegelijk dat die schatting niet juist was. Het gezicht was vertekend, een sluipende ziekte had onuitwisbaar haar sporen gegrift. Friedrich Gosler leek zeker tien, vijftien jaar ouder dan hij was.
'Het is vreemd,' verzuchtte De Cock, 'heel vreemd. In deze zaak weet een ieder blijkbaar precies tot hoever zich mijn bevoegdheden uitstrekken. Bovendien is er van het begin af aan veel over 'recht' gesproken.' Hij schudde misnoegd het hoofd. 'Ziet u, en juist dat laatste vind ik zo beklemmend. De geschiedenis leert het steeds opnieuw; er wordt nooit zoveel over vrede gesproken, juist wanneer een oorlog dreigt.'
De heer Gosler boog zich iets naar voren.
'Ik begrijp u niet,' zei hij zacht.
De Cock grijnsde.
'Ik denk dat uw intelligente zwager mij wel begrepen zou hebben, Herr Gosler, ik bedoel dit te zeggen: er zijn in naam van de vrede vele oorlogen gevoerd en er is in naam van het *recht* veel *onrecht* geschied.'
De heer Gosler keek hem een tijdje peinzend aan.
'U . . .' vroeg hij weifelend, 'u kent het motief?'
De Cock antwoordde niet direct. Hij wreef met duim en wijsvinger langs de neus in de ooghoeken. Het was een vermoeid gebaar. Een plotselinge loomheid overviel hem. Het was alsof de spanning die hem de laatste dagen had voortgedreven ineens wegzakte. Hij voelde dat hij zijn doel had bereikt en was er vreemd genoeg niet blij mee, integendeel, het maakte hem verdrietig.
'Ja,' zei hij na een poosje, 'ik ken uw motief.'
'En?'
'Wat?'

'Wel, wat zegt u van het motief?'
De Cock slikte.
'Het spijt mij,' zei hij hoofdschuddend, 'maar ik heb er, hoe dan ook, geen bewondering voor.'
Het gezicht van de heer Gosler betrok. Zijn vingers klemden zich om de leuning van zijn fauteuil. De knokkels werden wit. Langzaam drukte hij zich overeind.
Met zijn armen strak tegen het lichaam gedrukt, gespannen, in een haast militaire houding, bleef hij voor De Cock staan.
'Dan rechercheur,' sprak hij plechtstatig, 'dan moet u mij nu, op dit moment, arresteren.'
De Cock keek omhoog, bezag de magere gestalte, de kamerjas die om het zieke lichaam slobberde, de diep ingevallen wangen, de doffe ogen, en schudde zijn hoofd.
'Nee,' zei hij traag, 'daar voel ik niets voor.'
Gosler keek hem verbaasd aan.
'U moet mij arresteren,' riep hij luid. 'Daar sta ik op. Het is uw plicht.'
De Cock haalde zijn schouders op in een nonchalant gebaar.
'Och, meneer Gosler,' zei hij gemelijk, 'gaat u toch zitten. U bent veel te ziek om lang te blijven staan. Bovendien hebt u mij niets te bevelen. En wat mijn plicht is, dat bepaal ik zelf.'
De hoteldirecteur weifelde nog even. Toen liet hij zich bevend in zijn fauteuil terugzakken. Zijn gezicht zag grauw en De Cock bedacht hoeveel inspanning het deze man gekost moest hebben om de verzwaarde hockeystick dodelijk te hanteren. Gosler scheen zijn gedachten te raden.
'Ik ga wel hard achteruit,' zei hij moedeloos, 'vooral de laatste dagen. Ik ben blij dat ik mijn taak nog heb kunnen volbrengen. Ik ben daar wel eens bang voor geweest.'
Hij zweeg even en zuchtte.
'Toch sta ik er op dat u mij arresteert. De wereld mag gerust weten wat ik deed en waarom.'
De Cock keek hem scherp aan.
'Nee, meneer Gosler,' zei hij hoofdschuddend, 'de wereld mag dat niet weten. Als uw motieven algemeen bekend worden, dan zullen er beslist mensen zijn, kortzichtige mensen, net als u, die menen dat uw beweegredenen aanvaardbaar zijn. En misschien zijn er

onder die kortzichtigen wel mensen die in dezelfde omstandigheden verkeren. Ik bedoel, door hun ziekte ongrijpbaar voor een wereldse rechter.'

Om de smalle mond van Gosler verscheen een grijns.

'Als u mij niet arresteert, bel ik uw commissaris. En als die niet reageert, dan is er altijd nog de pers.'

De Cock knikte peinzend.

'Ik neem aan,' zei hij, 'dat mijn commissaris nog niets weet?'

'Nee, nog niet.'

De Cock staarde een tijdlang voor zich uit. Op zijn breed gezicht lag een gelaten, haast sfinxachtige uitdrukking. Na een paar minuten stond hij op. Hij pakte het ivoorkleurige telefoontoestel dat buiten handbereik stond en legde het in de schoot van de verbaasde Gosler. Daarna ging hij weer rustig tegenover hem zitten en keek hem vriendelijk uitdagend aan.

'U kent het nummer van de commissaris?'

Gosler knikte verward.

'Mooi,' zei De Cock, 'dan kunt u hem nu bellen.'

Gosler keek hem wantrouwend aan.

'Nu . . .?'

De Cock gebaarde.

'Zeker, waarom niet. Ik moet u er echter wel op wijzen dat op hetzelfde moment dat u mijn commissaris, of eventueel de pers inlicht, ik van hier rechtstreeks naar Ouderkerk aan de Amstel rijd en daar uw zuster en zwager arresteer. Let wel, ongeacht het lot van de kinderen.'

Hij pauzeerde even.

'En denk nu niet dat ze de dans ontspringen. Wetboeken, normen en regels geven alleen garanties zolang de mensen er zich aan houden, begrijpt u meneer Gosler. Desnoods pleeg ik een meineed. En als één meineed niet helpt, dan pleeg ik een serie meineden. Maakt u zich over mijn rechtschapenheid echt geen illusies, als het moet ben ik, net als u, een man zonder scrupules.'

De ogen van Gosler vernauwden zich.

'Is dit een dreigement?'

'U kunt het beschouwen zoals u wilt. Wees er alleen van overtuigd dat wanneer u zich aan de wereld als dader presenteert, of het motief van uw daden openbaar maakt, ik uw zuster en zwager als

medeplichtigen de gevangenis in help.'
Gosler keek hem een tijdje onderzoekend aan en schatte de ernst van het dreigement.
'Ja,' zei hij als conclusie, 'je zou het doen.'
De Cock pakte grijnzend het telefoontoestel uit de schoot van Gosler en zette het terug op het tafeltje.
'Kom,' zei hij vriendelijk, 'laten we eens over gerechtigheid spreken.'
Gosler knikte vermoeid.

22

De commissaris greep woedend de telefoon.
Voor hem op zijn bureau lag het rapport over de moord. Het was een vrij summier rapport, niet langer dan een halve pagina. Het bevatte de simpele mededeling dat in kamer 21 van het hotel Het Wapen van Groenland het lijk was aangetroffen van een man, genaamd Reinier Kamperman, oud 26 jaar, en dat de omstandigheden veel overeenkomst vertoonden met de situatie, aangetroffen bij het vinden van het lijk van Jan Johannes Brets. Dat was de hele inhoud. Meer stond er niet in. De commissaris was er niet tevreden mee. Hij sloeg met zijn vuist op zijn bureau en schreeuwde onbeheerst: 'Laat De Cock bij mij komen.'
Rechercheur Van Corstanje, die de hoorn opnam, zei kalm dat hij hem niet verstond.
'Laat De Cock bij mij komen,' herhaalde de commissaris rustiger.
'Het spijt me,' zei Van Corstanje.
'Wat?'
'De Cock is er niet.'
'En Vledder?'
'Die is er wel.'
'Goed, goed, laat Vledder dan komen.'
'Zoals u wilt,' zei Van Corstanje gelaten. Hij legde de hoorn op het toestel terug en keek om zich heen. Toen hij Vledder in het oog kreeg, wenkte hij hem naderbij.

'Je moet bij de baas komen, Dick. En maak je borst maar nat. De oude heeft gloeiend de pest in.'
Vledder haalde zijn schouders op.
'Ik kan er niets aan doen,' gnuifde hij. 'Ik ben altijd erg lief voor hem geweest.' Hij trok rustig zijn colbertje aan, schikte zijn stropdas recht en ging op weg naar de baas.
De commissaris was in alle staten. Hij liep als een gekooide leeuw achter zijn bureau heen en weer en stortte al zijn toorn uit over het arme hoofd van Vledder.
'Twee moorden in drie dagen,' riep hij woedend. 'En wat heb ik?' Hij sloeg tijdens het lopen met zijn vuist op zijn bureau. 'En wat heb ik? Twee keuterige rapportjes. En wat staat erin? Geen moer.' Hij hief beide handen bezwerend ten hemel.
'Wat hebben jullie in godsnaam uitgespookt? Mag ik dat waarachtig nog weten? Wie is hier aan dit bureau eigenlijk de commissaris, zeg wie, De Cock of ik?'
Vledder wees aarzelend voor zich uit.
'U, commissaris.'
'Ja,' brulde de ouwe, '*ik* weet het, *jij* weet het, maar vraag het eens aan je leermeester.'
Vledder slikte.
'Dat zal ik doen, commissaris.'
De commissaris ging weer achter zijn bureau zitten. De woedeuitbarsting had hem goed gedaan. Het had hem zichtbaar opgelucht. Hij streek met zijn hand over zijn grijze haren en beduidde de jonge Vledder dat hij tegenover hem mocht plaatsnemen.
'Drie moorden in twee dagen,' verzuchtte hij.
'Twee moorden in drie dagen,' verbeterde Vledder.
De commissaris gebaarde wat nerveus.
'Nou ja, dat bedoel ik ook. En beide moorden nog wel in hetzelfde hotel, dezelfde kamer. Zo ogenschijnlijk moet er enig verband bestaan. Het toeval is te groot. Jij was er toch bij, ik bedoel, zowel bij Brets als bij Kamperman?'
Vledder knikte.
'Beide keren.'
'En . . . wat zegt De Cock ervan?'
'De Cock is in die dingen nooit erg openhartig. Maar ik kreeg wel de indruk dat hij heel dicht bij de oplossing was. Hij zei tenminste

dat hij over voldoende aanwijzingen beschikte om de moordenaar te ontmaskeren.'
De commissaris knikte peinzend.
'Zo, zei hij dat?'
'Ja, en De Cock is geen grootspreker. Als De Cock zegt dat . . .'
De commissaris wuifde verdere loftuitingen weg. Hij ging weer staan en keek Vledder van onder zijn borstelige wenkbrauwen doordringend aan.
'Breng De Cock hier.'
Het klonk als een bevel.
Vledder maakte een verontschuldigend gebaartje.
'Ik weet echt niet waar hij is. Ik heb hem vanmorgen al gebeld, thuis, maar daar is hij niet. Ik kreeg zijn vrouw aan de lijn. Ook zij weet niet waar hij is.'
Het hoofd van de commissaris werd weer gevaarlijk rood. Hij strekte zijn arm in de richting van de deur.
'Dan zoek je hem op, vraag desnoods zijn opsporing, maar doe wat!'
Het galmde door de kamer.
Vledder knikte.
'Zeker,' zei hij benepen, 'zeker, zoals u wilt.'
Onderwijl vluchtte hij de kamer af.

De Cock stuurde zijn eigen oude Volkswagen door de oude binnenstad van Amsterdam. Hij had een uitgebreid bezoek gebracht aan Dr. Brouchec en zocht nu voor zijn wagen een parkeerplaatsje op de Keizersgracht in de buurt van het gerenommeerde accountantskantoor Brassel & Zoon.
Het onderhoud met de dokter had hem de zekerheid gegeven dat zijn eigen inzichten inzake de ziekte van Friedrich Gosler juist waren en dat ook Gosler zelf zich daarin niet vergiste.
Aanvankelijk had de dokter weinig bereidheid getoond, maar toen De Cock als dreigement de arrestatie van Friedrich Gosler in het vooruitzicht stelde en schetste hoe de cellen van het bureau Warmoesstraat er van binnen uitzagen, veranderde zijn houding. Op basis van wederzijds vertrouwen vertelde hij wat medisch gezien zijn verwachtingen waren. De Cock had om een schriftelijke bevestiging gevraagd, maar dat had de dokter pertinent geweigerd.

'Wacht maar rustig af,' had hij gezegd.
Maar juist dat wachten bracht De Cock in een wat pijnlijke dwangpositie.
Toen hij eindelijk op de gracht voor zijn wagen een plaatsje had gevonden, stapte hij uit en slenterde naar het kantoor van Brassel. Zijn gezicht stond ernstig. De plooien in zijn voorhoofd lagen dieper dan normaal. Hij had zijn plannen klaar en wist dat hij risico's liep. Hij wist ook dat zijn ambtsinstructies - een boekje met ettelijke bijlagen - een andere gedragslijn voor hem bepaalden. Maar De Cock hield niet van ambtsinstructies. Hij had er nooit van gehouden. Hij hield van mensen. En dat was heel wat anders.
Hij slofte een blauwstenen stoep op, bleef op het bordes staan en belde aan. Na ongeveer een minuut werd de zware deur geopend. Voor hem stond een groenogig meisje. Ze had een kuiltje in haar linkerwang. De Cock nam zijn hoed af en glimlachte.
'Mijn naam is De Cock,' zei hij beminnelijk, 'De Cock met ceeooceekaa. Zeg tegen de heer Brassel dat ik hem wil spreken.'

Vledder frommelde wat verlegen aan zijn stropdas.
'Mevrouw De Cock,' zei hij haast smekend, 'weet u echt niet waar uw man is? De commissaris is woedend en brult het hele bureau bij elkaar. Terecht, geloof ik. Ik bedoel, mevrouw De Cock, u weet hoe ik op uw man ben gesteld, maar hij heeft zich al in drie dagen niet op het bureau laten zien. En dat is toch te gek.'
Mevrouw De Cock knikte.
'Je hebt gelijk, Dick, het is te gek. Ik begrijp ook niet precies wat hem bezielt.' Ze lachte hem toe. 'Natuurlijk weet ik waar hij is. Hij heeft alleen gezegd dat hij voor niemand is te spreken.'
Vledder trok een pijnlijk gezicht.
'Geldt dat ook voor mij?'
Ze glimlachte vertederd.
'Kom vanavond om acht uur terug, Dick. Ik zal ervoor zorgen dat hij er is.'

De Cock begroette zijn jongere collega allerhartelijkst. Hij schudde hem langdurig de hand, legde vriendschappelijk een arm om zijn schouder en leidde hem zo naar zijn gezellige zitkamer. Het

gezicht van De Cock straalde. Hij scheen oprecht blij met het bezoek van Vledder.
'Ik meen, Dick,' zei hij opgewekt, 'dat ik je heel wat uitleg verschuldigd ben. Ik had het je natuurlijk te zijner tijd allemaal wel verteld, maar mijn vrouw had zo met je te doen, dat ze mij heeft overgehaald om nu reeds opening van zaken te geven.'
Mevrouw De Cock gaf Vledder een knipoogje.
'En,' zei ze glimlachend, 'dat kostte mij niet eens zoveel moeite.'
'Mijn vrouw heeft ook gelijk,' vulde De Cock ernstig aan, 'waarom niet. We werken al zo lang samen. Ik weet dat ik je volledig kan vertrouwen.'
Hij maakte een gebaartje. 'Dat vertrouwen heb ik ook nodig, zie je, want ik moet je geheimhouding opleggen. Over hetgeen ik je vanavond zal vertellen, mag je voorlopig met niemand praten, zelfs niet met de commissaris. Je begrijpt dat ik hem niet voor niets uit de weg ga.'
Vledder keek verbaasd.
'Is hij er dan bij betrokken?'
De Cock lachte.
'Nee zeg, gelukkig niet. Maar als hij het verhaal kende, zou hij mij wel eens kunnen dwingen de moordenaar te arresteren. En dat wil ik niet.'
Vledder keek hem ongelovig aan.
'Wil je dat niet?'
De Cock schudde zijn hoofd.
'Nee, dat wil ik niet. Ik heb daarvoor verschillende motieven, motieven die ik je in de loop van de avond zal proberen duidelijk te maken.'
Hij wees naar de brede fauteuils.
'Kom, Dick, ga er eens gezellig bij zitten.'
Hij liep naar het dressoir, nam daaruit een fles Franse cognac en liet het etiket zien.
'Wat denk je hiervan?'
Vledder knikte gretig.
De Cock pakte een stel dikbuikige glazen en warmde ze boven een spiritusbrandertje. Daarna schonk hij met aandacht in. De Cock was een liefhebber van een goed glas cognac. Hij genoot ervan met volle teugen. De prikkelende geur, de tintelende smaak,

de verwarmende gloed; cognac was voor hem een totale verrukking.
'Ik heb,' zo begon hij, nadat hij zijn glas had neergezet, 'ook in deze zaak fouten gemaakt. Ik geloof dat het niet is te vermijden. Bij elk onderzoek, vooral in het begin, tast men in het duister en dan kan elke stap, hoe behoedzaam ook genomen, een verkeerde stap zijn. Och, een mens moet fouten durven maken. Ik bedoel dit: iemand die bang is om fouten te maken, ontloopt alle beslissingen, gaat handelingen uit de weg en vervalt uiteindelijk tot een angstig nietsdoen. Nee, Dick, ik ben nooit bang geweest om fouten te maken, ik ben beslissingen nooit uit de weg gegaan.'
Hij pakte zijn glas op en nam opnieuw een slok.
'Maar nu ter zake. Het stond van het begin af vast dat Pierre Brassel de dader niet kon zijn. Zowel voor de eerste als voor de tweede moord was zijn alibi onaantastbaar. Wel bleek uit alles dat Brassel verbindingen had met de werkelijke dader, dat hij volkomen op de hoogte was van diens plannen en met die plannen sympathiseerde, althans daaraan zijn medewerking verleende. Maar wie was die werkelijke dader? Wie was de man achter Brassel?
Intrigerende vragen.
Maar wat mij in feite bezighield was het waarom. Waarom werd Jan Brets vermoord? Waarom leende Brassel zich voor een gevaarlijk spelletje op de rand van medeplichtigheid? Met andere woorden: wat was het motief?
De meest gangbare motieven schenen niet op te gaan. Ze pasten niet. Tussen Brassel en Brets bestond geen enkele relatie, althans geen relatie die een motief kon inhouden. De moord leek zo zinloos. Toch was Brets geen willekeurig slachtoffer, integendeel, Brets werd als slachtoffer heel bewust gekozen. Juist hij werd door Pierre Brassel benaderd en uitgenodigd voor een verblijf in het hotel Het Wapen van Groenland.'
De Cock stak gebarend een wijsvinger omhoog.
'Wat had die keuze bepaald? Ik bedoel: waarom Jan Brets, een onbetekenend inbrekertje uit Utrecht? Wie had belang bij zijn dood? Brassel? Ik zei al, een rechtstreeks verband Brets-Brassel was er niet te vinden. Er moest dus een *indirect* verband bestaan, een *indirect* belang. Hoe? De enige mogelijkheid was via de man

achter Brassel, dus via de werkelijke moordenaar. Maar wie was dat?'
De Cock grijnsde.
'Zo bleef ik denken in cirkels, waarbij steeds weer dezelfde vragen opdoken.'
'Ik hoor nog niets van een fout,' zei Vledder.
De Cock zuchtte.
'Die komt nog. Zoals je je herinnert, gingen we een dag na de moord op Jan Brets beiden naar Brassel in Ouderkerk aan de Amstel en maakten daar kennis met mevrouw Brassel. Uit haar houding, maar meer nog door haar uitlatingen, kreeg ik de gedachte dat de werkelijke moordenaar binnen de kring, de familiekring van de Brassels te vinden was. Het was een goede gedachte, die tevens een redelijke verklaring kon geven voor het gedrag van Pierre Brassel. Immers, het zou helemaal niet vreemd zijn, wanneer Brassel zijn spelletje speelde ten behoeve van een lid van zijn familie.'
De Cock maakte een weids gebaar.
'Wanneer ik toen in *die* richting was blijven doordenken, had ik misschien de moord op Reinier Kamperman kunnen voorkomen.'
Vledder keek zijn leermeester verbaasd aan.
'Maar waarom deed je dat dan niet?'
De Cock schonk Vledder een matte glimlach.
'Omdat ik simpelweg de intelligentie en de wetskennis van Brassel te hoog aansloeg.'
'Dat begrijp ik niet.'
De Cock grijnsde.
'Herinner je je nog dat ik die bewuste avond in Ouderkerk aan de Amstel met Brassel over het waarschuwingsbriefje sprak? Brassel raakte duidelijk van de kook toen ik tegen hem loog en zei dat ik onder het lijk van Jan Brets geen waarschuwingsbriefje had gevonden. Ik maakte uit zijn reactie op dat Brassel het waarschuwingsbriefje werkelijk van groot belang achtte. En dat deed hij ook.'
De Cock zuchtte diep.
'Ik trok toen een verkeerde conclusie. Zie je, wanneer de werkelijke dader binnen de kring van zijn familie lag, behoefde Brassel wettelijk niemand te waarschuwen. Hij waarschuwde echter *wel*

en ik concludeerde: de werkelijke dader is *geen* familie.'
Mevrouw De Cock boog zich naar haar man.
'Je bedoelt,' zei ze peinzend, 'dat Brassel geen waarschuwingsbriefje behoefde te schrijven als de dader een lid van zijn eigen familie was?'
De Cock knikte.
'Juist, hij behoefde dan noch de politie, noch het aanstaand slachtoffer te waarschuwen, omdat hij zich ten aanzien van een familielid eenvoudig op het verschoningsrecht kon beroepen.'
'Verschoningsrecht?'
'Ja, volgens de Nederlandse wetgeving behoeft niemand mee te werken aan de strafvervolging van een bloed- of aanverwant. Ik vermoed dat Brassel niet aan het recht van verschoning heeft gedacht. Misschien ook heeft hij het bij zijn studie van het strafrecht niet begrepen. Hoe het ook zij, ik werd erdoor misleid.'
Vledder keek hem onderzoekend aan.
'Misleid?'
De Cock wreef met zijn hand over zijn gezicht.
'Ja,' zei hij met een zucht, 'de moordenaar was tóch een lid van de familie.'
Mevrouw De Cock stond op.
'Zal ik nu eerst een kopje koffie inschenken?'
De Cock knikte haar toe.
'Goed schat, en geef er van dat gebak bij, je weet wel van dat recept van mevrouw Brassel.'
Mevrouw De Cock keek hem wat spottend aan.
'Waarom noem je ze geen harlekijntjes?'
De Cock grinnikte.
'Warempel,' zei hij breed lachend, 'dat is een goed idee. Koffie met harlekijn.'
Vledder kon zijn ongeduld moeilijk bedwingen. Het koffie-intermezzo paste hem niet. Hij had liever dat De Cock zonder pauzes doorvertelde, maar hij begreep heel goed dat de grijze speurder zich toch niet zou laten haasten. Daarom wachtte hij gelaten.
Al na een paar minuten kwam mevrouw De Cock terug uit de keuken en serveerde koffie met gebak. Onderwijl babbelde ze opgewekt over het fantastische recept van mevrouw Brassel. Het ging alles heel ongedwongen, alsof er geen moord op zijn ontkno-

ping wachtte.
Vledder schoof naar het randje van zijn fauteuil.
'Hoe,' vroeg hij met nauwelijks ingehouden ongeduld, 'hoe kwam je er nu achter dat de moordenaar toch een lid van de familie was?'
'Hampelmann.'
Vledder keek hem niet-begrijpend aan.
'Hampelmann?'
De Cock knikte.
'Hampelmann, het Duitse woord voor harlekijn.'
'Het zegt mij niets,' zei Vledder wat wrevelig. 'Ik weet alleen dat Jan Brets, en later ook Reinier Kamperman, toen we hen vonden er nogal vreemd bij lagen. De eerste indruk was inderdaad die van een levensgrote harlekijn.'
De Cock zuchtte.
'Heel juist, harlekijn, in het Duits Hampelmann. De lijken van Brets en Kamperman waren met opzet in die houding gelegd.'
'Maar waarom?'
De Cock plooide zijn gezicht in een brede grijns.
'Als symbool.'
'Symbool . . . symbool van wat?'
'Gerechtigheid.'
'Gerechtigheid?'
'Ja, Dick, gerechtigheid, en om dat te begrijpen, moeten we een poosje in de geschiedenis teruggaan.'
Enige jaren voor de tweede wereldoorlog werd een zekere Heinrich Gosler door de nazi's gearresteerd. De vrouw van die Gosler, een Joodse, vluchtte met haar beide kinderen naar Holland en wel naar Haarlem, waar haar broer, Jacob Hampelmann, die al een paar jaar eerder was gevlucht, een antiekzaakje dreef.
In de verwachting nog iets voor haar man te kunnen doen, ging mevrouw Gosler na ongeveer een maand weer naar Duitsland terug. Vermoedelijk is ze vrij kort daarna opgepakt. Men heeft in ieder geval nooit meer iets van het echtpaar Gosler gehoord. Men neemt aan dat ze in een of ander kamp zijn omgekomen.
De beide kinderen, Friedrich en Liselotte, bleven in Haarlem bij oom Hampelmann, die de kinderen moedig door de oorlogsjaren hielp en hen met grote persoonlijke opofferingen een uitstekende

opvoeding gaf. Het spreekt vanzelf dat de kinderen zeer aan oom Hampelmann waren gehecht.'
De Cock pauzeerde even en wreef met zijn hand langs zijn ogen.
'Nu ongeveer acht jaar geleden,' ging hij verder, 'ontmoetten Jan Brets en Reinier Kamperman elkaar in een van onze onvolprezen opvoedingsgestichten. De beide jongens, zeventien en achttien jaar oud, waren door de kinderrechter in het gesticht geplaatst; Jan Brets omdat hij de omgeving van Utrecht onveilig had gemaakt en Reinier Kamperman voor een serie inbraakjes in Haarlem, waaronder een mislukte kraak in het antiekzaakje van Jacob Hampelmann.
Brets en Kamperman wisselden ervaringen uit en Kamperman vertelde van de antiquair Hampelmann, die - zo was de gangbare mening - er heel warmpjes bijzat. Alleen was die Hampelmann, zo kwalificeerde Reinier het 'zo waakzaam als de pest.' Daardoor was zijn vorige kraak ook mislukt. De oude man was wakker geworden.
Jan Brets wist daar wel een middeltje op. Als hij de oude onder handen nam, werd hij nooit meer wakker. En zo beraamden die twee in het opvoedingsgesticht heel koelbloedig een roofmoord op antiquair Hampelmann. Het eerstvolgende weekendverlof, wegens goed gedrag verleend, liftten ze beiden naar Haarlem, kochten onderweg een fikse hamer en sloegen 's nachts de oude Hampelmann de hersens in. De gehele buit bedroeg elf gulden en drie cent.'
Mevrouw De Cock schudde verbijsterd het hoofd.
'Verschrikkelijk,' riep ze.
'Inderdaad, verschrikkelijk. Friedrich en Liselotte waren er kapot van. Toen het gebeurde waren ze beiden niet thuis. Friedrich had dienst in een hotel, waar hij destijds in opleiding was en Liselotte logeerde bij Pierre Brassel, toen nog haar verloofde.
Brets en Kamperman werden spoedig gepakt en legden een volledige bekentenis af. Uit het onderzoek bleek dat de oude man zich bijzonder krachtig tegen zijn aanvallers had verzet. Brets had echter zo lang met de hamer op de bejaarde antiquair ingeslagen, dat de oude man uiteindelijk bezweek.
Toen Friedrich Gosler de bijzonderheden vernam, was hij razend en zwoer een heilige eed zijn oom, hoe dan ook, te wreken.'

'De kiem voor de latere moorden,' onderbrak Vledder.
'Precies,' verzuchtte De Cock, 'de kiem voor de latere moorden.'
Er viel een stilte. Het was alsof de wraakgevoelens van Friedrich Gosler bezit van hen hadden genomen, alsof de moorden opnieuw werden overdacht.
Mevrouw De Cock verschoof in haar stoel.
'Ik kan mij de gevoelens van die Friedrich Gosler wel indenken,' zei ze ernstig, 'en wanneer hij op dat moment die twee knapen in handen had gekregen, zou ik een emotionele moord wel aanvaardbaar hebben gevonden. Maar nu . . . acht jaar later . . .'
De Cock beet nadenkend op zijn onderlip.
'Je hebt gelijk. Toen wel. Maar Brets en Kamperman gingen de gevangenis in en onderwijl bekoelde de woede van Gosler. Hij hield die twee echter nauwlettend in het oog en zo vernam hij dat van de aanvankelijke straf uiteindelijk niet veel overbleef. Na een paar jaar liepen de beide moordenaars van zijn oom weer vrij rond.
Friedrich Gosler was over dit soort gerechtigheid niet tevreden. Hij sprak erover met zijn zuster en met zijn zwager, Pierre Brassel. Ze waren het er alle drie over eens dat er aan oom Hampelmann geen recht was geschied en Friedrich opperde het idee van moord als een wat verlate executie.'
Vledder keek op.
'Dat klinkt mij bekend in de oren.'
De Cock knikte.
'Dat klopt ook wel. Pierre Brassel versprak zich een keer. Dat was tijdens onze eerste ontmoeting in de recherchekamer. Hij vroeg zich toen hardop af, waarom hij risico's zou nemen voor een moord, die uiteindelijk niet meer was dan een wat verlate . . .' De Cock glimlachte. 'Kun je het je nog herinneren? Het laatste woord slikte Brassel in. Dat woord was executie.'
Mevrouw De Cock gebaarde.
'Het idee van Gosler, werd dat direct aangenomen?'
'Nee, Pierre Brassel was er tegen. Hij voelde er niets voor. Begrijp goed, hij was in feite een buitenstaander. Hij stond veel nuchterder tegenover de wraakgedachte van broer en zus Gosler. Hij vond het maar een dwaas idee om hun leven, hun positie, in de waagschaal te stellen voor een moord op een Brets en een

Kamperman, in zijn ogen maar een paar inferieure wezens; de aandacht van een gentleman niet waard. Hij wist zijn zwager te overreden van de 'verlate executie' af te zien.'
'Ma . . . maar,' stotterde Vledder, 'dat begrijp ik niet. Het plan werd ten slotte toch uitgevoerd?'
'Ja, maar dat had een andere oorzaak,' verzuchtte De Cock.
'Een andere oorzaak?'
'Kanker.'
Hij zweeg even. In zijn gedachten drong zich het beeld op van de zieke man in de fauteuil. Hij zag weer de fletse ogen, de ingevallen wangen en de scheefgezakte mond, die van gerechtigheid sprak.
'Ja,' ging hij verder, 'Friedrich Gosler kreeg kanker en een openhartige arts vertelde hem dat hij nog maar een half jaar had te leven.'
De Cock streek met zijn hand over zijn gezicht.
'De rest laat zich raden. Gosler besloot dat laatste halve jaar van zijn leven te gebruiken om zijn geliefde oom recht te doen. Hij riep de hulp in van zijn zwager, Pierre Brassel.'
Mevrouw De Cock keek haar man onderzoekend aan.
'En,' vroeg ze aarzelend, 'was Brassel nu wel bereid zijn medewerking te verlenen?'
'De positie van Brassel,' zei hij bedachtzaam, 'was wat moeilijk. In principe was hij het wel met zijn zwager eens, er was aan oom Hampelmann geen recht geschied. Hij was alleen veel minder geneigd om ter wille van de wraakgedachte risico's te nemen. Bovendien was hij van nature veel humaner.
Brassel was van mening, dat een misdadiger zich kon reclasseren, dat Jan Brets na al die jaren niet per se nog dezelfde man behoefde te zijn als de inbreker Brets, die destijds oom Hampelmann had neergeslagen. Hij bepleitte bij zijn zwager een test.'
'Een test?' vroeg Vledder.
'Ja, een test. Jan Brets zou, gefingeerd, in eenzelfde keuze-situatie worden geplaatst.'
'Een keuze-situatie?'
'Ja,' antwoordde De Cock geduldig, 'een situatie, waarin Brets kon kiezen tussen doden . . . of niet doden.'
'Ik begrijp het, de oude nachtwaker en de hockeystick.'

'Juist. Brassel benaderde Brets met veel hocus-pocus over een bende en . . .', hij stak gebarend een vinger omhoog, 'met een plan voor een inbraak bij de firma Van Brunssum in de Spuistraat. Hij stelde dat daarbij een oude nachtwaker moest worden neergeslagen en gaf Brets het wapen, waarmee dit moest gebeuren, de met lood verzwaarde hockeystick. Het was voor een ieder duidelijk dat iemand, die met een dergelijk wapen een klap op zijn hoofd kreeg, de slag niet zou overleven.
Jan Brets nam de hockeystick echter blijhartig aan en verklaarde zich zonder meer bereid daarmee de oude nachtwaker neer te slaan.'
'En daarmee tekende hij zijn eigen doodvonnis,' zei Vledder.
'Inderdaad. Jan Brets had de test niet doorstaan.'
Mevrouw De Cock schudde vertwijfeld het hoofd. Een kille test om uit te maken of een man zou worden vermoord of niet.
'Maar Kamperman dan?' riep ze uit.
'Pierre Brassel had geen argumenten meer,' antwoordde hij somber. Hij had de wraakoefening aanvankelijk kunnen opschorten door te wijzen op de risico's, die daaraan voor hen persoonlijk verbonden waren, de ziekte van Gosler had die risico's weggenomen; hij had met veel moeite Gosler zover gekregen, dat hij een test toestond; Jan Brets bleek nog net zo tot moord bereid als acht jaar geleden.
Toen Brassel ook voor Kamperman een test bepleitte, wilde Gosler daar niets van weten. Bovendien drong de tijd. De krachten van Friedrich Gosler namen zienderogen af. De ziekte sloopte zijn lichaam sneller dan hijzelf en zijn arts verwachtten. Wilde hij zijn taak nog volbrengen, dan was haast geboden.'
'Reinier Kamperman kreeg dus geen enkele kans?'
Het klonk wat verbitterd.
'Dat is het tragische van deze hele geschiedenis, of feitelijk, de tragiek van Brassel, want Reinier Kamperman had zich na de moord op oom Hampelmann wel gereclasseerd. Hij had de misdaad voorgoed de rug toegekeerd en was een oppassend huisvader geworden.'
De Cock zweeg. Zijn laatste woorden bleven lang in de kamer zweven.
'Wat is gerechtigheid toch een akelig woord,' zei mevrouw De

Cock.
De Cock schoof zijn onderlip vooruit en knikte.
'Soms,' zei hij bitter.
Vledder zat nog steeds in gepeins verzonken.
'Waarom,' vroeg hij na een poosje, 'handel je deze zaak niet normaal af?'
'Hoe bedoel je?'
'Wel, arresteer Gosler.'
'Nee, dat doe ik niet. Begrijp me goed; niet om wille van Gosler wegens zijn ziekte, of dat ik zou sympathiseren met zijn motieven, maar omdat ik bang ben.'
'Bang?'
'Ja, ik ben bang voor navolging. Zie je, kanker is een veel voorkomende ziekte. Als een ieder, die weet, dat het onvermijdelijke nabij is, een soort privégerechtigheid gaat bedrijven, dan zijn de gevolgen niet te overzien. Daarom is het beter dat de zaak van de dode harlekijnen nooit tot de openbaarheid doordringt.'

Het was al laat in de avond toen Vledder naar huis ging.
'Doe morgen de groeten aan de collega's,' zei hij.
Vledder glimlachte.
'Wanneer kom je weer op bureau?'
'Zo gauw als Friedrich Gosler is overleden. Volgens zijn arts een kwestie van dagen. Pas dan doe ik verslag aan de commissaris, eerder niet.'
Hij maakte een simpel handgebaartje.
'Je kunt een dode niet laten arresteren.'